月の満ち欠け

月之圓缺

佐藤正午

王蘊潔・譯

目次

11:00

從「隼號」新幹線下車，沿著第二十一號月台經過新幹線的驗票口，看著路標指示牌，擠在拖著行李箱的旅客、身穿西裝的男女、外國觀光客的人群中繞過中央廣場，花了將近半個小時，才終於抵達目的地。

東京車站飯店二樓。

因為他搞錯了驗票出口的丸之內南口和中央口，結果走到車站外，問了派出所的員警之後才終於找到這裡。員警看到他腋下夾著包裹、一看就知道是外地人，指著他的身後說：「那家飯店就在那裡啊，你看。」

在東京車站下車之前，他模糊地想像自己會比約定時間提早二十分鐘抵達，雖然孤單一人，卻維持平素的脈搏，坐在約定見面的咖啡館喝咖啡。他原本以為會看到一個頭髮花白，把在公司創立紀念派對等特別日子準備的西裝，很有型地當成平時的衣服穿在身上，然後悠然地看著手錶的男人走進來。然而，他完全想錯了。

當他來到飯店二樓，沿著左側可以看到丸之內南口的挑高迴廊，站在對方在電話中提到的那家咖啡店的招牌前時，手錶剛好指向十一點整。

當初他指定的時間就是十一點。

他向帶位的店員打了聲招呼，說自己約了人，然後走進咖啡店，立刻知道對方已經搶先到了。

她們已經在約定見面的座位上坐定。一對母女相鄰背對著牆壁，坐在店內右側深處的預約席上。她們對面的兩張椅子都空著。

他來不及調整急促的呼吸，在和那位母親四目相接後，走向其中一張空位。

母親輕輕碰了碰女兒的肩膀後，站起來微微欠身。

前一刻還低頭滑手機的女兒翹著二郎腿，抬頭看著出現在眼前的男人。

雖然他很想好好看清楚她帶著怎樣的眼神抬頭看自己，但還是忍住了這樣的衝動，在母親的對面坐了下來。女兒的視線執拗地從左前方逼來，好像牢牢黏在他那一側的臉頰。他並沒有遲到，沒有理由受到指責，但還是在她的眼神中感受到挑釁的意圖。他不知道自己帶來的東西該放在哪裡，看了看旁邊的座位，正打算問：「三角呢？」那位母親就開了口。

「三角先生今天早上有一個非參加不可的會議，所以我們先過來。」

「他不來這裡嗎？」

「不，也不是，他並沒有明確這麼說。」

母親似乎有點在意女兒，繼續說了下去。

「即使想要翹班，也沒有這麼簡單，更何況他平時就非常忙碌，而且又是臨時約見面。」

母親身旁的女兒將下巴向喉嚨的方向縮了兩次，好像在說：「沒錯，就是這樣。」她很矮小，看到這麼矮小的小學生，忍不住有點擔心，她有辦法背著書包走到學校嗎？

女店員走過來問他要點什麼。

他把帶來的東西放在原本三角要坐的椅子上。

那是一個帶有稜角的扁平東西，他特地用婚禮紀念品常用的粉紅色方巾包了起來。他讓綁結朝上，放在椅子上，沒有翻開菜單，就對女服務生說：

「我要咖啡。」

「銅鑼燒很好吃啊。」在他說話的同時，那個女兒也開了口。他聽到她說這句話。

「你可以點煎茶和銅鑼燒組合。」

那個女兒一本正經地提出意見後，看著他的雙眼。

「你並不討厭銅鑼燒吧？我以前看你吃過，我們一家三口還一起吃過。」

包括店員在內，所有的大人都倒吸了一口氣。

女兒把手上的智慧型手機放在桌角。這時，他才終於聽到店內播放的背景音樂。

提供煎茶和銅鑼燒組合的店家播放這種音樂似乎有點前衛。

那位母親好像花了比實際長了好幾倍的時間，在仔細玩味女兒剛才那句話的意思，但隨即回過了神，不知所措地說：

「……啊，呃。」

「我要咖啡。」他又對店員說了一次。

「不好意思，都還沒有正式向你介紹，她是我女兒，名叫琉璃。」

女孩一臉聰明相，符合之前聽到的描述，也符合之前的想像。他聽著店內播放的新潮爵士樂，想著這件事。雖然對七歲的小學生來說，翹著二郎腿坐在椅子上，身體微微前傾的姿勢很像成年女人，但她的臉完全是小孩子，聲音也還沒有變聲。一雙機靈的眼睛充滿好奇心，無所畏懼地看著他。

「琉璃，趕快向小山內先生打招呼。」母親催促著。

「你好，」早熟的小學生開了口，「小山內先生，今天很高興見到你。」

小山內堅是他的全名。他隔著桌子，低頭看著她用完美角度交疊的雙腿，和洋裝的裙襬下露出的膝蓋，沉默不語。

「謝謝你特地過來，我由衷地感到高興。」

她說完這句話，換了另一條腿翹起二郎腿，小山內的視線飄忽起來。

對方呵呵笑了起來。

「小山內先生，你仔細看著我。你之所以會陷入混亂，就是因為你知道是我。但是，你今天來東京，不就是為了來看我嗎？你考慮再三，最後做出了這樣的決定，不是嗎？為什麼還這麼害怕？」

「琉璃。」母親訓斥了女兒之後，看著小山內說：「她說話沒大沒小，真的非常抱歉。」

這時，身穿白襯衫、繫著黑色圍裙的店員再度現身。

小山內點的咖啡放在木製餐墊上，說白了，其實就是一塊長方形的木板。每張餐桌的各個座位上都有這樣一塊木板，那對母女的面前也有。小山內的木板上放著倒滿咖啡的陶杯，和相同花色的托盤，裝在塑膠袋裡的濕紙巾，以及裝水的杯子，另外還有玻璃小容器內裝了四分滿的牛奶。

「咖啡只喝黑咖啡。」

店員猶豫了一下，小山內對她露出微笑，搖了搖頭。店員瞥了那位母親一眼，轉身離開了。

小山內不慌不忙。

他加了兩塊方糖，又拿起裝牛奶的容器倒了一半後攪拌著，喝了一口之後，又喝了第二口，盡可能用悠然的態度喝著咖啡。

他對自己能夠表現出這樣的態度感到滿意。昨晚睡在床上，和今天搭「隼號」新幹線時，都充分預料到會面對目前這樣的狀況。無論是銅鑼燒的事，還是咖啡的事，都不是什麼大不了的事。

「原來是這樣，」嬌小的少女滿不在乎地說，「原來上了年紀之後，喜好就會改變。小山內先生，人活了超過六十歲，喜好就會改變嗎？」

「琉璃，不可以用這麼沒禮貌的方式對大人說話。」

「沒關係，」小山內對著母親說，「她說得對，我以前都喝黑咖啡，在十五年前，的確是這樣。」

「看吧。」少女伸出了舌頭。

「現在要怎麼辦？」小山內不理會她，繼續問母親，「在三角來之前，就處理完這件事也沒問題吧？」

雖然聽到「這件事」，對方就理解了意思，不過小山內還是把手放在一旁的包裹上。

母親轉頭看著女兒，默默偏著頭。

小山內覺得少女的眼中頓時充滿了活力。那並不純粹是好奇心，她的臉上同時露出了成年女人的理智，努力克制著表露無遺的執著。那雙眼睛透露出她的深思熟慮，和她的年齡很不相符，但眼前的少女在轉眼之間就變成了天真無邪的孩子。她陷入了迷惘。他希望是這麼一回事。

少女放下了翹著的腿，慣用手用力伸到小山內面前。小山內遲疑了一下，但最後還是無視那隻小手，把千里迢迢從八戶帶來的東西拉到自己身旁，親自打開了方巾的結。

「那是我的。」少女立刻不滿地說。

陌生少女的聲音中沒有絲毫的害羞，泰然自若地主張著所有權。

在這個節骨眼，不能理會她的挑釁。只要稍微當真，就會被第一次見面的少女牽著走，迷失自己。雖然明知道這個道理，但在這個瞬間，他還是難以保持沉默。

當他覺得不妙時，已經脫口說了出來。

「小妹妹，不是喔。」

「啊？」少女伸著左手驚訝地問：「什麼不是？」

「這不是妳的，而是我女兒的東西。」

「一開始不就這麼說了嗎？媽媽不是都告訴你了嗎？」

小山內看向少女稱為「媽媽」的女人，那個母親一臉歉意地微微點頭，但沒有說話。

「我知道啊，」女兒代替母親回答，「我知道那是誰的東西，也知道以前發生過的事。我比你知道得更清楚，因為我……」

小山內能夠預測她接下來要說什麼，但並不想從她口中聽到那些話。

「沒錯，我以前的確喝黑咖啡。」他說。
「對嘛，所以啊！」
「不是所以，而要說但是。」
「但是什麼？」
「但銅鑼燒的事就是糊弄了。」
「糊弄？」
「小妹妹，我是說，我從來沒在妳面前吃過銅鑼燒，也沒有相關的記憶。」
「喔，原來你是這個意思。你記錯了，當然有啊，你忘了嗎？」
「我沒忘記。」
「那是家人的事啊，一家三口一起吃的。」
「沒錯，是我家人的事。小妹妹，我怎麼可能忘記我家人的事呢？」
「啊，其實你忘記了。」
「我不是說了我沒忘嗎？」小山內生氣地說。
「絕對忘了，否則就是你在說謊。你才是在糊弄我，我不會上你的當，你絕對吃過銅鑼燒。」
「我不記得吃過那種東西。」
「真是的，為什麼要說謊嘛！」

「我沒說謊。」

「絕對沒有？」

「對。」

「真的絕對嗎？小山內先生，你上了年紀，記憶也模糊了，卻可以這麼斷言？」

這個名叫琉璃的少女瞪著他挑釁道，小山內說不出話。

那又怎麼樣呢？即使忘記一家三口曾經一起吃過銅鑼燒，或是至今仍然記得，那又怎麼樣呢？誰會記得什麼時候、和誰一起吃了銅鑼燒這種日常生活中的瑣碎小事？如果是這樣，那不就要一輩子記得家人每次一起吃火鍋，記得那天晚上的景象嗎？也要像紀念日一樣，一輩子都清楚記得哪一天吃魚時，小刺卡在喉嚨，哪一天炸什錦裡的蝦子刺破舌頭，以及衣服被肉醬濺到弄髒的事嗎？

少女的母親在一旁聽著他們的爭辯出了神。她坐直了身體，用好奇的眼神看著他們。

小山內發現這位母親的姿勢很挺拔。

然後發現她一本正經的臉，以及她的後背勾勒出的優美曲線都讓他感到不舒服。

小山內忍不住嘆了一口氣。

1

小山內的人生中當然有很多難以忘記的事。

和別人一樣，不，比別人更多。

小山內堅出生在青森縣八戶市。

父母曾經告訴他，因為希望他成為一個堅實、堅強的人，所以為他的名字取了「堅」這個字。

高中畢業之前，他都在老家八戶度過。之後考上了東京的私立大學，住在杉並區阿佐谷的公寓，過了四年大學生活。在畢業之前，並沒有太積極求職，就在面試時幸運中獎，順利錄取，在四年級那年秋天，獲得了公司的內定，確定一畢業就馬上有工作。

那家石油公司算是中堅企業。

小山內一進公司，就被分到位在四谷的東京分公司，他搬離了位在阿佐谷的公寓，搬進了公司的單身宿舍。員工的單身宿舍位在小平市。

在煉油廠以及加油站的實習期間結束後，又在東京分公司工作了三年，他積極投入業務工作，第四年被調去了九州，以福岡為據點，負責九州北部地區的銷售業務。他在福岡分公司工作了五年，在三十歲之前利用工作空檔結了婚。對象是同鄉的女生，也是同一所高中——八戶高中比他小兩屆的學妹。

妻子婚前的名字叫藤宮梢。

但是，在高中時，小山內從來沒有和學妹藤宮梢說過話，也不認識她，甚至根本沒聽過她的名字。他在離開八戶之後才認識她。

他在大學參加的社團中，有一個被社團成員私下戲稱為「南部班」的小團體，他們在例會時第一次認識。

「南部班」的名字來自「南部藩」的諧音，也就是指江戶時代，統治岩手縣和青森縣東部的南部藩，但這個小團體的活動內容，和歷史並沒有特殊的關係。首先，南部班所屬的社團本身，基本上就是一個虛有社團其名的鬆散團體，活動內容也只是幾個合得來的同學相互邀約，在不同的季節踢足球、賞花喝酒，或是去海水浴場、滑雪旅行而已。「南部班」就是在這個社團中，以來自舊南部藩地區，說南部方言，或者會說南部方言的學生為中心的小團體。其實他們並沒有排斥來自他縣的學生，也不是所有人都用南部方言交談，他們向來抱著來者不拒的開放態度，只是發起人的學生每次喝醉酒，就會滿嘴南部方言，說其他縣的人是「他藩」。總之，就只是這樣一個輕鬆的小團體。

小山內大學三年級時，藤宮梢以女子大學新生的身分出現在南部班，她是女子大學的學姊拉來參加的幾個新人之一。在「南部班」慣例性的保齡球大會上，因為來自同一所高中的關係，她和小山內組成一組。那次之後，每次參加活動，她就黏著小山內。小山內完全沒有發動任何攻勢，不怕生的學妹就因為敬仰同鄉的學長，兩個人很快就熟絡了。小山內也很自然地擺出學長的態度照顧她。

「雖說都來自南部，但大部分都是盛岡人。」

「是啊。」

「比我大一屆的學姊是會津人，聽說她和津輕的學長在交往。」

「藤宮，別管這些了，不需要勉強自己，下次要不要一起去看電影？」

「要看《計程車司機》嗎？」

「好啊，看《計程車司機》也沒問題。」

「那我要去看，我這個週末有空。」

他們就這樣迅速拉近了彼此的距離，也漸漸和南部班的其他成員保持了距離。小山內原本就不是很熱中參加那個團體的活動，所以雖說是保持距離，但他並不認為自己突然做了什麼引人注目的事，只是瞭解內情的同學則認為他見色忘友，稱他的這種行為「脫藩」。

小山內進入社會之後，他們仍然繼續交往。

兩年後，藤宮梢從女子大學畢業，在東京都內找到了工作。小山內在翌年調去福岡，他們仍然持續這段遠距離戀愛。

幾乎每隔一天，藤宮梢就會從東京打電話到福岡。他們每年見三、四次面，其中三次是藤宮梢搭新幹線到福岡，剩下的一次是新年時，兩個人都回到老家八戶時見面。

從在大學社團認識之後已經過了七年，照這樣發展下去，將會變成漫漫的春天，不，應該說是太過漫長的春天。小山內決定和藤宮梢結婚，為此，她必須辭職搬來福岡。但是，當自己以這樣的條件求婚時，她會接受嗎？

以結果來說，小山內並沒有機會說出具有求婚意味的言詞。某天晚上，正當他在猶豫要不要提出有附帶條件的求婚時，藤宮梢毫無預警地出現在他福岡的宿舍，對他投下了震撼彈。小山內雖然吃驚，但更加激動不已，兩個人之間的關係也就水到渠成。跳上最後一班新幹線趕來福岡的藤宮梢說，今天去醫院確認了，她不想在電話中說，而是認為這種事應該當面告訴他。

福岡的宿舍原本就適合員工家庭入住，一個人住時房間太多了，所以根本不需要另找房子，那裡就直接成為小山內夫婦的新居。

隔年，在舉行婚禮後不久，妻子就即將臨盆。

三月，女兒在福岡市區的產院呱呱墜地，在妻子的要求下，取名為琉璃。

女兒出世一年多後，他們搬離了福岡。

小山內新的工作地點在千葉縣市原市。

石油公司在市原五井有一家煉油廠，小山內接到了被調往煉油廠總務部的人事命令。基本上以事務工作為中心，小到備品、消耗品的補充、核對數量、廠內員工的保健福利、勞務管理，大到年度預算分配的煩瑣資料製作、文件整理等都屬於總務部的業務，除此以外，還必須負責廠內設施、綠地的整頓修繕、帶領來煉油廠參觀的團體在廠區內參觀，以及處理廠內員工的投訴。總之，總務部門要負責所有其他部門無法處理的業務，在公司內被稱為「雜務部」。

小山內在那裡工作五年後，以課長待遇被調回東京總公司的總務部，在同時進入公司的同期中，也算是很早升遷。

雖然公司在東京，但公司的宿舍位在千葉的稻毛。

他開始了每天從稻毛搭電車上班的通勤生活，包括換車在內，通勤時間將近五十分鐘。早上八點之前走出家門搭電車，如果晚上沒有加班，六點半左右就可以到家。這種有規律的通勤生活也持續了五年。

小山內的人生算是一帆風順。雖然當時從來沒有這麼想過，但事後回想起來，覺得五井和稻毛時代的生活很順利。無論工作和夫妻生活，都沒有任何不滿和不足。夫妻兩人遲遲無法生第二個孩子，或許是唯一的不足。但是，小山內並不認為這是不足。夫妻之間的感情並沒有變淡，情況恰恰相反，他經常在日常生活的瑣碎小事中，切身體會到妻子的愛，而且也親身感受到妻子對他的愛充滿了信賴。學生時代的學長、學妹關係在成為夫妻之後似乎仍然延續，小山內從妻子看自己時充滿親切的眼神中，感受到不同於愛的感情。那是一種帶著尊敬的愛。

妻子梢從來沒有對因為結婚、生女而離職，以及整天忙於育兒和家庭主婦的工作吐露任何不滿。如果說，女人對家庭主婦的工作有適合或不適合——小山內和自己的母親比較之後，深刻感受到這一點——梢顯然很適合，而且小山內有時候覺得她自己也瞭解這一點，也為此感到高興。如果她曾經對無法生下第二個孩子感到不足，他也早就想好了一套安慰她的說詞。孩子是上天賜予的，重要的不是結果，而是過程。有沒有生第二個孩子不重要，夫妻之間源源不斷的愛情才重要。而且，我們未來還有很多時間，根本不需要著急。但這種說詞根本沒有用武之地。小山內認為妻子和自己有相同的想法，而且也察覺到自己有這種想法，久而久之，就忘了這些乏善可陳的說詞。

結了婚、共同生活之後，小山內發現梢面對自己這個丈夫時，只問最低限度的問題，不會問一些無益的問題，也不想聽一些無關緊要的回答，避免老夫老妻的對話。

她向來不會做任何讓丈夫煩心的事。家裡的事都由她獨自張羅決定，小山內對此完全沒有任何不滿。無論是家具的配置、壁櫃的整理、日用品放置的位置，以及購買新的電子鍋、吸塵器送修、衣服換季、張羅禮品、添買餐具、換花瓶、咖啡豆的品牌和晚餐的菜色，全都由她決定。也許世人覺得這是理所當然的事，但小山內並不這麼認為。因為八戶老家的母親屬於完全相反的人。

小山內清楚記得，母親曾經問父親：「下午好像要下雨，衣服是不是不要晾在外面比較好？」父親假日在家時，母親甚至會問：「是不是差不多該煮飯了？」這種愚蠢的問題。「煮三杯米差不多吧？」「是不是應該趁今天把回覽板拿去給隔壁鄰居？」「今年是不是也要寄賀年卡給我朋友某某？」「牙刷是不是該換新了？」「鹽烤秋刀魚是不是該加點蘿蔔泥？」「札幌奧運會有很多人參加嗎？」「長嶋引退之後，會當巨人隊的領隊嗎？」父親每次聽到母親的問題，幾乎都只回答「嗯」而已，但母親仍然不厭其煩地問父親一些毫無營養的問題。

因為曾經近距離觀察這樣的夫妻，所以當小山內發現梢的態度後，就覺得格外寶貴。妻子不會囉嗦地亂發問，俐落地處理家事，有時候甚至在丈夫不知情的情況下，單獨處理家務中的大事。妻子的這種作風讓小山內感到格外新鮮。

除此之外，小山內在結婚之後還發現妻子有另一個意外面。

妻子很喜歡開車。福岡時代，因為家中有嬰兒，所以家裡並沒有買車。不知道是否因為這個原因，搬到五井之後，梢立刻買了一輛二手豐田可樂娜，在鄉間道路上盡情奔馳。小山內之前曾經因為業務需要開過公務車，但對開車和車子的構造完全沒有興趣，覺得妻子握著方向盤時真的是在盡情奔馳。

搬到稻毛的公司宿舍時，梢的愛車變成了貸款買的新車本田喜美。無論去買菜，或是去幼稚園接送孩子，梢都開著她的喜美。每逢假日，就會讓女兒坐在兒童安全椅上，三個人一起去兜風。一家人曾經坐她的車子去木更津撿貝殼，夏天當然要去海水浴場。小山內總是坐在副駕駛座上，監視妻子的車速是否太快。坐在她的車上時，不知道叫過幾次：「注意前方的號誌燈！」

「妳看，黃燈了。」

「我看得很清楚。」

「妳要保持車距。」

「琉璃，跟爸爸說，媽媽開車時不要有意見，自己明明有駕照卻不開車。」

「爸爸，不要有意見。」

從這個角度來說，小山內身為從事石油進口、精製和銷售業務的企業員工，從進公司時就和其他人有點格格不入。當他得知同時進公司的同事幾乎無一例外地對車子興趣濃厚，而且也都很喜歡開車時驚訝不已。他們下班之後也經常大聊車經，小山內完全無法融入他們，當然也不想融入他們。他們也沒在意小山內這個怪胎。

也許是因為這個原因，進公司超過十年，不光是同期進公司的同事，他在整家公司都沒有任何朋友，在私生活中，也不和任何同事有來往。說穿了，也許從業務部門被調去總務部門，也微妙地受到了這一點的影響。正因為這個原因，小山內至今仍然事不關己地認為，自己是在面試時幸運中了獎，目前自己能夠在這裡，只是上天偶然的恩賜，有一隻無形的手把自己帶來這裡，把自己從故鄉八戶帶來千葉稻毛。小山內有時候忍不住這麼想。當然，他從來沒有把這些缺乏責任感的想法告訴過妻子。

2

搬到稻毛時，在福岡出生的女兒已經七歲，讀小學二年級。

那一年秋天，發生了奇怪的狀況。

最先是發燒。

女兒從學校搖搖晃晃地走回家，妻子梢開著喜美帶她去醫院。常去的那家醫院醫生診斷，是季節交替時常見的感冒。小山內從東京都內的公司回家時，女兒已經在自己房間睡著了。妻子說，她吃藥之後就睡了。剛才去醫院時打了營養針，醫生說，只要在家好好休息，就會慢慢退燒。

沒想到退燒之後，隔天又燒了起來。

高燒持續了一個星期，在這段期間，女兒好幾次意識模糊。小山內晚上回家後，好幾次都聽到女兒在床上發出好像在做惡夢般的夢囈，也不止一次在半夜聽到女兒的叫聲醒來。女兒大汗淋漓地醒來，剪了妹妹頭的頭髮好像被水沖過一樣，說一些完全聽不懂的話。小山內不相信這是感冒引起的症狀，但妻子負責照顧病中的女兒，而且妻子也完全沒有懷疑醫生的意見，所以他並沒有因為焦急而做出任何輕率的行動。他打算忍耐一個星期，如果女兒繼續做惡夢，或是大量出汗，就要向公司請假，說服妻子，帶女兒去大醫院就診。沒想到剛好滿一個星期的早晨，女兒退了燒，身體恢復之後的食欲也很旺盛。

接下來的幾天，小山內家很平靜。

星期五週末時，小山內準時下班，比平時提前搭電車回到家時，妻子一臉鬱悶的表情站在他面前。

「我跟你說，琉璃的樣子不太對勁，有那麼一點不對勁。」梢對他說。

「有一點不對勁？又發燒了嗎？」

「不，不是發燒，她這幾天都沒有發燒，這方面倒不必擔心，只是突然……該怎麼說……」

「到底怎麼了？」

「……總覺得琉璃好像突然變乖了。」

「妳是說她沒有精神的意思嗎？」

「不是，不是沒有精神，不是那一類的情況，也不是變乖，該怎麼說？有點像是轉大人？」

妻子說話有點拐彎抹角，所以小山內當時腦海中浮現了「月事」這兩個字。他想起八戶的母親曾經用這樣的字眼，他以為妻子用「轉大人」的委婉方式，告訴他女兒出現了初潮。

沒想到妻子的回答出乎他的意料。

「她為娃娃取了名字，叫小哲。」

「啊？」

「之前在五井的時候，不是在她生日時買了泰迪熊給她嗎？她把那隻泰迪熊叫作小哲。」

「從什麼時候開始？」

「今天啊，我今天第一次發現這件事。」

小山內陷入了混亂，看著妻子的臉。

「妳是說琉璃叫娃娃小哲？」

「對啊。」

「這哪裡是轉大人？」

「因為，」妻子說到這裡，似乎對丈夫的直視感到害怕，把後面的話吞了下去。

也許是因為在玄關說話，或者覺得這不是站著能夠說清楚的問題，她從丈夫手上搶過通勤皮包，好像在辯解似地說：「所以我說只有一點，只有一點點而已。」

「琉璃在哪裡？」

「在她自己房間玩，和小哲一起玩。」

小山內沒有敲門，就直接打開了女兒的房間。女兒坐在地上，正在和一身琥珀色的熊娃娃玩，聽到動靜後，立刻有了反應，她揚起下巴，仰著頭看了過來。「啊，爸爸。」她叫了一聲。她滿臉笑容，足以讓小山內感到安心，而且聲音很響亮，完全不像是大病初癒。

小山內蹲了下來，降低視線後，試探地問：「是小哲嗎？」女兒一臉乖巧地點了點頭。

妻子想太多了。小山內當時這麼判斷。

假設琉璃叫自己這個父親小哲，那就不是有一點不對勁，而是很不對勁了，但她只是為娃娃取名字，就好像為寵物取名字好好疼愛一樣。這根本不是「轉大人」的行為，而是相反，對一個小學二年級的孩子來說，是很孩子氣的行為，如果要擔心，不是應該擔心這個問題嗎？

「讓小哲等在這裡，妳和爸爸媽媽一起吃晚餐。」小山內向女兒伸出手，女兒乖乖地聽話，抓住了他的手。

入夜之後，妻子為女兒洗完澡，帶她上床睡覺後，又聊起了小哲的話題。「也許就像你說的，為娃娃取名字就像是為寵物取名字。這件事本身可能並不需要太擔心。」梢讓步妥協道，「但是，即使是這樣，小哲到底是誰？琉璃從哪裡聽到這個名字？小哲到底是從哪裡、透過怎樣的方式進入她的意識？」

妻子和小山內談起這件事時，他正盤腿坐在客廳的沙發上，喝著威士忌，看著「NEWS STATION」這個節目。和女兒發燒終於好轉相比，他覺得小哲這個名字的由來根本沒有妻子想的那麼嚴重。

但是，妻子在他身旁坐下後，壓低了聲音說：

「我看了學校的班級名冊，沒有名叫小哲的男生。」

「隔壁班呢？」

「應該也沒有，雖然只是我的直覺。」

「那不是很好嗎？」

「……好在哪裡？」

「妳不是在懷疑是她初戀對象，所以才在擔心，以為琉璃因為這個原因突然轉大人，不是嗎？她還是小孩子。」

「不是。」梢斬釘截鐵地否認，「我說的不是這個。」

「那妳在說什麼？」小山內也加強了語氣，「妳說的轉大人到底是什麼意思？」

梢沒有立刻回答，小山內無可奈何，只好拿起遙控器，主播久米宏的聲音消失了。映像管電視發出輕微的滋滋聲，隨即安靜下來。宿舍後院傳來蟋蟀的聲音。

「我說不清楚，但是，琉璃的眼神……」

「她的眼神怎麼了？」

「我覺得和以前不太一樣。」

「怎麼不一樣？」

「是啊，」妻子思考著該如何表達，「感覺比之前更深思熟慮，說得好聽點就是這樣。」

「我可不這麼覺得。」

「今天你不在家的時候，她用那樣的眼神看著我，只有一次而已。那種轉大人的眼神，讓我忍不住害怕。我只是問她，小哲是從哪裡來的？琉璃就轉過頭，什麼也沒說，只是盯著我，好像在窺探我的臉色，簡直就像看穿了我的心。要對這個人說什麼？說得難聽一點，那種眼神好像在看陌生人……我還是說不清楚，反正她和以前不一樣，這一點千真萬確。」

「琉璃只有一次露出那樣的眼神嗎？」

「今天只有一次。」

「只有一次而已。」

小山內重重地嘆了一口氣。

「但是……」妻子露出和傍晚時相同的害怕眼神，「明天可能又會露出那樣的眼神，可能會露出兩次。今天只有一次，以後可能會變好幾次。」

「琉璃像我。」小山內說，「在我小時候，大人常說我的眼神不可愛，很冷漠，還說我這個孩子都會看父母在做什麼，從小到大，不知道被說過多少次。」

「你媽媽說的嗎？」

「對啊，由此可見，琉璃絕對是妳和我的孩子，那不是看陌生人的眼神，而是把自己未來的樣子投射在你身上。正因為是親人，才會用這種眼神看妳，所以……」

小山內原本想說，「所以，身為父母，行為舉止必須堅定毅然，才不會在那種眼神面前抬不起頭」，但最後還是把這句話吞了下去。

因為他立刻反省，回顧自己到目前為止的人生，自己沒資格說這種冠冕堂皇的意見。自己的人生是有一隻肉眼看不到的手把自己帶來這裡，就只是這樣而已。他總是偷偷這麼認為的壞習慣在這個時候再度在內心抬頭。

「所以，妳不要想太多了。」

「但是……」

「也許像妳說的，琉璃和以前有點不一樣了。在她懂事之後，這是第一次生大病，她在向學校請假，躺在家裡休息期間，可能想了一些我們意想不到的事。即使是這樣，思考一些以前不曾想過的問題並不是壞事，這是每個人在成長過程中都會經歷的事。深思熟慮的眼神？那不是很好嗎？小孩子會用小孩子的深思熟慮眼神看各種東西，每次都會有所收穫，一步一步成為大人，不是嗎？妳今天突然有這樣的感覺，是因為她跨出了第一步，就好像在瞬間出現了成為大人的前兆。從現在開始，琉璃會一步一步長大，就好像妳我小時候一樣。」

「也許是這樣吧。」妻子回答，她默默聽了丈夫說完這番話，承認這樣的意見很合理。

「但是，那小哲到底是誰？又是從哪裡冒出來的？你完全不在意這件事嗎？」

「我並沒有這麼說。」

「既然這樣，那就要查一下……」

妻子把左手放在他併攏的腿上，用右手撫摸著手背，然後一直重複這個動作。

「……要做身為家長該做的事。」

深思熟慮的眼神。妻子剛才這麼說，自己剛才也說了這幾個字，小山內想像著女兒琉璃的眼睛，試圖想像具體的感覺，卻無法想出明確的樣子。雖然妻子當時想要表達的是，不知道在哪裡的小哲讓女兒露出了這種深思熟慮的眼神，但小山內並沒有深入思考這件事。

「以後就會知道了。」他很不負責任地回答。

「以後……」

「不久之後，她就會主動說出來。不然隨著她慢慢長大，連她自己也會忘了小哲這個虛構的人物。」

「所以你認為那是虛構的人物？」

「當然啊。」

「那我明天去學校打聽一下，也許不是隔壁班的同學，而是有老師的名字中有哲這個字。」

隨妳的便，妳高興就好。小山內在內心不以為然地想道。儘管去調查學校的課本、繪本、漫畫、卡通裡出現的所有角色名字。

琉璃的病終於好了，一家三口又恢復了以往的生活，這才最重要。他說出口的只是這種陳腔濫調，趁著妻子起身去看女兒，他又調了一杯兌水威士忌，繼續看「NEWS STATION」。

然而，之後發生了奇怪的狀況。

平安無事地過了幾個星期。兩個月後，小山內已經完全忘了小哲的事時，妻子又告訴他一件奇怪的事。

那天晚上，小山內在運動衣外隨便套了一件厚毛衣，準備坐在客廳看電影。那是一部懷舊電影續集的續集，他從錄影帶店租了錄影帶回來。他記得之前曾經和梢一起去電影院看了續集。

梢從廚房走了出來，坐在沙發上，小山內正準備把錄影帶放進錄放影機，她在背後叫著他。

「阿堅。」

小山內轉過頭，發現茶几上除了剛才梢在收拾洗碗時，他慢慢喝的兌水酒杯子，以及水壺、三得利的酒瓶，以及裝了花生的盤子以外，還多了一杯冒著熱氣的咖啡。

「喔，謝謝妳。」小山內向貼心的妻子道謝，坐在她身旁，用眼睛尋找遙控器。妻子握著遙控器，不一會兒，她輕輕放在茶几角落，那是小山內拿不到的位置。

小山內這才恍然大悟。妻子並不是為了即將要看電影準備咖啡。

「妳不是也很想看嗎？」

「嗯，對不起。」

「為什麼？」

「因為我想和你好好談一談。」梢對他說。

聽到妻子這麼說，小山內不由地思忖起來。是為了我媽的事？還是以後打算買房子的事？無論是為了哪一件事，都不可避免地需要好好長談一番，週六晚間，夫妻之間的親密時光就這樣泡湯了。

「如果是我媽的事……」小山內的話只說到一半。
「不是這件事。」
「那是……？」
「是琉璃的事。」
小山內所擔心他母親的事，簡單來說，就是住在八戶的母親不時打電話來家裡，在長時間聊天的過程中，有時候會拐彎抹角，有時候直截了當地問，堅以後是否打算回來老家？梢每次都只能含糊其詞，為此感到痛苦不已。而且，自從小山內的妹妹嫁去盛岡後，母親這幾年打電話來的次數越來越頻繁。小山內目前正是精力旺盛，專心投入工作的時期，完全不打算回老家，以後也不想回八戶和父母同住。雖然這件事應該由他這個做兒子的親口告訴母親，但小山內覺得正因為是親生兒子，所以無法說出這麼冷酷無情的話。因此，自從他大學畢業，決定在東京工作的時候開始，這個問題就始終不清不楚，而且沒有任何變化，這樣下去真的好嗎？差不多就是這樣的內容。
而且問題並沒有結束。如果不打算回八戶，就面臨老後要如何生活的問題，也就是兩個人在未來，在退休之後要住哪裡的問題。考慮到和梢老後的生活，或是同時考慮將——假設父親先離開人世，而且這種可能性相當高——在八戶獨居的母親接過來同住，也許可以計畫建造一棟獨棟的房子，或是買公寓的房子。然而，目前不動產的價格飆漲，這種計畫簡直就像是難以實現的夢想，而且還有小山內工作上的問題。他在日後的工作上仍然必須帶著全家人一起調職到全國各地，因此，與其現在就買超出自己能力範圍的房子，還不如繼續住在員工宿舍，多存點錢更實在。他認為這樣的結論更務實。

然而，梢不是要談這兩件事，而是琉璃的事。

除了這兩件事以外，最頭痛的就是員工宿舍內太太之間的糾紛，這種人際關係的不滿也經常鬧到總務部。原本小山內已經做好了這樣的心理準備，所以聽到是琉璃的事，心情反而放輕鬆了，所以就催促她趕快說下去。

「你先喝咖啡。」梢說：「你要向我保證不會裝醉，會認真聽我說完。」

小山內低頭喝了一口，因為梢盯著他，所以覺得喝一口似乎不夠，所以連續喝了兩口。

妻子開了口。

「那個娃娃，就是泰迪熊，琉璃不再叫它小哲了。」

「……是喔，從什麼時候開始？」

「應該有一段時間了，但我不知道明確的時間，我是在兩個星期前發現的。」

「所以呢？」小山內小心謹慎地問。

沒想到妻子反問他：

「你以前有買過都彭的打火機嗎？是不是在和我結婚之前買的，至今仍然還在使用？」
「我怎麼可能有那種高級的東西？」
「就是啊。那我問你，你知道〈黑貓的探戈〉那首歌嗎？這應該知道吧？」
「知道啊，就是小孩子都愛唱，結果就變很紅的那首歌吧？」
「你有沒有在琉璃面前唱過？」
「我在她面前唱〈黑貓的探戈〉？應該沒有吧。」
「那黛順的歌呢？」
「好懷舊的名字。」
「你知不知道〈天使的誘惑〉，或是〈乘上雲彩〉之類的歌名？」
「我聽過這些歌名，如果要問我知不知道的話，應該算是知道……妳到底想問什麼？」
「聽說琉璃在紗英家裡唱了〈黑貓的探戈〉這首歌。」
「紗英是誰？」
「是她幼稚園的同學。紗英的爸爸就是內藤小兒科的院長，琉璃平時都去那裡看病，我不是和你提過嗎？紗英慶生會邀她去的時候，她表演了唱歌，內藤太太特地告訴我的。」
「喔。」

「不是『喔』而已。」

「但那首歌本來就是小孩子的歌啊。」

「那不是小孩子的歌，而是小孩子唱紅的歌。這種事不重要，我要說的不是歌詞的內容。你不覺得奇怪嗎？〈黑貓的探戈〉是二十年前的歌啊。」

「是喔，已經是那麼多年了啊。」

「……你不覺得奇怪嗎？」

小山內想像著琉璃上下搖動著身體，唱知名歌曲副歌部分的樣子……並沒有感到特別不對勁。

「琉璃也會唱黛順的歌嗎？」

「對。」

「也是在慶生會上唱的嗎？」

「不，這是在學校。體育課在操場的時候，她一個人唱歌，剛好被田代老師聽到，所以就打電話給我，問我們在家裡時，是不是經常聽老歌。」

「她去哪裡學了這些老歌？」

「所以，」妻子低沉的聲音中帶著焦躁，「我現在不就是在和你討論這個問題嗎？」

「妳知道她是在哪裡學的嗎？」

妻子似乎不太願意回答。

她一隻手放在大腿上，用另一隻手拚命撫摸著手背。如果我知道答案，應該就不會這麼擔心，也不會問這些問題來煩你。小山內似乎可以讀到妻子內心這樣的想法。

「我剛才有言在先，你不可以裝醉。」

「對，我也沒喝那麼多，我是真的不知道妳想要說什麼。琉璃不再叫那個娃娃小哲，但現在開始唱老歌。所以呢？這到底代表什麼？」

「我也不知道這到底代表什麼。」妻子回答，然後又接著說：「只不過……」她說到這裡，拿起了小山內放在茶几上的Hi Lite菸。原本以為她只是閒著無聊這麼做，但她從菸盒裡拿出一支菸，叼在嘴裡，拿了Zippo的打火機點了火。這是小山內第二次看到梢抽菸。記得大學時代，小山內抽菸時，她曾經有樣學樣地抽了一支菸。梢也學丈夫的樣子，用手指夾著菸，看著菸冒出的青煙，等待心情漸漸平靜。

「怎麼了？」

「只不過，我覺得即使我把想法說出來，你也不會認真聽。」

「沒這回事，我會認真聽妳說。」

「你真的能夠接受我說的嗎？」

「嗯。」

「那我就說囉。我覺得，小哲這個人的確存在，只是不知道在哪裡。」

又是小哲嗎？小山內在心裡想道，無論如何都要回到這個原點嗎？

「我記得妳曾經告訴我，學校相關的人中，沒有人叫這個名字。」

「對，一個人也沒有。」

「那妳覺得小哲到底在哪裡？妳在附近曾經看到可疑的人物嗎？」

「從來沒有。」

「而且，琉璃不是不再提小哲的名字了嗎？」

「對啊。」

「梢，我說……」

「你先別急，讓我先把話說完。」

「我會聽妳說啊。」

「還有剛才都彭打火機的事。」

妻子硬是把話題轉了回去。

「之前去原太太家時，琉璃看到原先生放在桌上的打火機，一眼就看出來了。那是原先生的岳父送他的打火機，原太太笑著說，雖然她老公拿來用，但連他自己都不知道都彭有多貴，沒想到員工宿舍內竟然有一個識貨的人，而且她還說，都彭的打火機很難分辨，並不是一眼就可以看出來的東西。雖然我當時不在場，但我相信即使看到了，也分辨不出來，但琉璃可以分辨，她知道都彭的打火機。你不覺得很奇怪嗎？」

「的確很奇怪。」

「太奇怪了。」妻子把抽了沒幾口的菸捺熄，「我覺得心裡毛毛的。」

「但除此之外，琉璃並沒有其他奇怪的地方吧？如果妳真的認為那麼奇怪，不可能之前都沒告訴我，妳自己看琉璃的時候，並不覺得有什麼奇怪吧？妳剛才說的情況，全都是別人告訴妳的。」

「別人告訴我的又怎麼樣？你覺得原太太是在調侃我嗎？」

「不是這個意思，我沒這麼說。」

「那你說清楚，你到底想說什麼。」

「根據我的觀察，」他坦率地表達了自己的想法，「也就是在我這個父親的眼中，琉璃看起來很正常。」

「哼。」妻子的語氣帶著諷刺。

「她就是正常的七歲小女孩。」

「我覺得，琉璃只是偽裝成正常的小女孩，她是假裝的，尤其是在你面前的時候。」

妻子用輕鬆的語氣斷言道。

小山內驚訝不已，說不出話。

「因為這是唯一的解釋。」

妻子臉上露出了淡淡的笑容。

「我是按照事情發生的先後順序告訴你。首先，上個月發生了都彭打火機的事，聽到原太太說這件事時，我有點驚訝，就直接問了琉璃，但琉璃露出一臉茫然的表情對我裝糊塗，她臉上的表情好像在說，我聽不懂媽媽在說什麼。所以當時我以為可能有什麼誤會，並不值得大驚小怪。之後又接連聽說了琉璃唱老歌的事，就在這一個星期之內。我當然也問了她這件事，但琉璃還是悶不吭氣，微微偏著頭看我。只不過這次我沒有再上她的當。我突然想起另一件事，我曾經聽到她有時候在家時也會哼歌，當時只覺得我也聽過那些歌，所以並沒有太在意，但仔細思考後，就覺得很奇怪。因為她哼的歌是黛順的〈夕月〉，這也是證據之一。」

小山內繼續沉默不語地看著妻子，他很想一笑置之，但笑不出來。他的臉皺了起來，肌肉緊繃，嘴唇和臉頰無法順利擠出上揚的表情。

「你看，你露出這樣的表情，我就知道你會露出這樣的表情，所以之前一直都沒跟你說。」

小山內仍然扭曲著臉，費力地擠出聲音。

「琉璃為什麼要在父母面前假裝？」

「我也不知道，但是她知道一些以前的事，照理說，她不可能知道那些事，而且她隱瞞了這件事。你看這個。」

小山覺得妻子臉上淡淡的笑容很詭異，和她說的內容格格不入，忍不住微微垂下了眼睛。他看著《星際大戰》的錄影帶盒子。難得的週六夜晚確定已經毀了。

「你不是說好要認真聽嗎？聽我把話說完。」

妻子仍然不放棄提供證據。

「你看。」她拉著小山內身上那件毛衣上臂處有點鬆垮的地方，「我今天在她書包裡發現這個，這是琉璃寫的。」

妻子遞過來一本漢字練習簿。

練習簿翻開中間那一頁，右側寫了幾行文字，的確是琉璃的筆跡。那些鉛筆字感覺寫起來有點費力，小山內也很熟悉。由於有些漢字的筆劃比較多，所以超出了格子，但每一筆都沒有敷衍，寫得很正確。小山內看了其中一行，連續看了兩、三次，才終於理解意思。

我願向君誓，阿蘇煙已絕，萬葉集已滅，我心仍向君。

「怎麼樣？」妻子得意地問。

小山內覺得妻子問話的語氣聽起來很得意。這的確不像是小學生寫在作業上的內容，但那又怎麼樣呢？即使琉璃在自己的作業簿上寫了這首使用了舊假名的古代短歌，這些事實又代表了什麼呢？

「這是什麼？」

「你也不知道嗎？」

「對。」

「這是短歌，好像是某位知名詩人的作品。」

「這個嗎？」

「我認為這是出色的證據，琉璃學會了很多知識，雖然很不可思議，但她用我們難以理解的方式，學會了她還沒有出生那個年代的知識。」

「妳是認真的嗎？」

「我當然是認真的。先是小哲的名字，小哲怎麼會進入琉璃的意識，我相信他來自琉璃出生之前的過去。」

小山內目瞪口呆。

「所以，我目前擔心的是……」

「梢！」

「阿堅，你聽我說，我擔心的是，琉璃可能會去找小哲。她一直在找機會，她在我們面前假裝，就是擔心被我們發現。」

「妳瘋了嗎？她要怎麼去找小哲？如果真的像妳說的，小哲不是過去的人嗎？」

「不，不是，不是你想的那樣，你沒有理解我說的意思。小哲可能還活著。根據我的推測，應該是和我們年紀相仿的男人。」

妻子越說越投入，已經無法控制說話的音量。

「別說這些了。」

小山內厲聲制止時已經來不及了。

客廳通往走廊的拉門打開了。

「但這是現實啊，無論怎麼樣，現實生活中已經發生了這些事。你只是沒有面對現實。即使為了琉璃，我們也必須接受這樣的現實……」

妻子說到一半，發現小山內在向她使眼色。她原本在腿上移動的手被丈夫按住了，她用奇怪的姿勢轉頭看向門口。

琉璃站在走廊的黑暗中。

身穿睡衣的女兒瞇著惺忪的睡眼看著父母。

3

小山內在之後一次又一次回想起那天晚上的那一幕。

站在走廊上的琉璃到底聽到了多少內容？

在那個瞬間，妻子的精神狀態崩潰到何種程度？

自己在當時的想法又是如何？面對妻子提出的證據，自己當時真的確信能夠合理地逐一反駁她嗎？能夠明確斷言，她說的現實完全沒有任何接受的餘地嗎？

那天晚上，是小山內走向琉璃，然後把她抱起來，帶她回房間。別擔心，爸爸會陪妳，妳剛才做夢了。在說這些哄騙孩子的話的同時，他擔心的不是很快就睡著的女兒，而是妻子的精神狀態。

當他關了女兒房間的燈回到客廳時，茶几上的菸灰缸已經換了新，冰桶裡也加了新的冰塊。妻子在廚房洗咖啡杯，然後用正常得令人洩氣的聲音問：「琉璃睡著了嗎？」「對。」小山內回答後，站在她身旁，等待妻子說：「關於剛才的事……」，但妻子始終背對著他，一直在洗那個咖啡杯。

「梢？妳還好嗎？」小山內問她。

「我沒事啊，洗完之後，我先去洗澡。」她回答說。

小山內聽了妻子的回答，邁著沉重的步伐退回了客廳。他不想刺激不想繼續談話的妻子，避免再度發展為夫妻之間的爭執。這種情況會一再上演。雖然今晚暫時落幕，但妻子改天又會發現新的證據，主張自己發現了新證據，相信足以成為女兒發生奇怪變化的證據擺在他面前。他聽著廚房的水聲，突然有了這種預感。真是讓人厭世的預感。

但是，隨著時間的流逝，小山內甚至無法確定是否真的曾經有過這樣的預感。

因為只有那天晚上很特別，隔天早晨，妻子的言行並沒有任何改變。她像往常的假日一樣開著喜美，載著丈夫和女兒一起外出兜風。在休息區吃午餐時，她很照顧女兒，女兒也很乖巧聽話，簡直就像前一天晚上沒有發生過任何事。小山內理所當然地這麼認為。即使七歲的小孩睡了一晚，就忘了自己半夜睡迷糊，站在父母面前這件事，妻子梢的樣子，也好像完全忘記自己前一天晚上說的話。

然而，小山內並沒有明確的證據證明自己曾經這麼想。雖然妻子說，琉璃在父母面前偽裝成普通的小孩，但那天晚上之後，妻子可能決定在丈夫和女兒面前假裝成什麼事也沒發生，也可能不是這樣，而是她認為一切都是自己想太多了。而且妻子也許真的忘了前一天晚上說的話。精神快要崩潰的妻子也許在看到琉璃睡眼惺忪地站在走廊上時，終於恢復了理智，勉強留在現實的界限之內。對丈夫說的那些不合乎常理的話，也在一夜之間都從記憶中抹去了。

小山內對任何一件事都沒有十足的把握。女兒不發一語地站在走廊上時，真是睡眼惺忪，一臉小孩子的表情嗎？如果想要懷疑記憶，這件事似乎也值得懷疑。琉璃是不是豎起耳朵聽父母的對話，瞇起眼睛，用之前妻子形容為深思熟慮的眼神仔細觀察父母？那時候，妻子最後說他「沒有面對現實」的指責，是不是除了琉璃的問題以外，是否還在影射他沒有直視八戶母親的事，以及早晚要面對的同住問題這些現實問題時，每次總是顧左右而言他，導致她內心累積了不滿？對於無論怎麼說，都無法清醒，不願面對現實的丈夫，妻子是否在那天晚上徹底心灰意冷，決定之後就像都靠自己處理家事一樣，也只能靠自己解決琉璃的問題？正因為這樣，當過了一陣子，琉璃做出了超出父母能夠理解的行動時，妻子起初隱瞞了這些事件。當小山內這麼想，就覺得當時很多不合理的事都有了合理答案。

應該是很久之後，妻子和女兒都離開自己身邊，只剩下他一個人之後，他才開始有這些想法。因為除了重新思考過去，他不知道該如何打發時間。

時序進入十二月，在二十日之後的某一天，小山內在公司接到了妻子打來的電話。她在電話中說琉璃失蹤了。第二學期的結業式結束後，她向同學道別之後，直到現在都沒有回家。小山內接電話時，總務部的窗外已經是一片深藍色。

妻子在電話中的聲音並沒有慌亂，也沒有說一些莫名其妙的話，只是用比平時更快速的語氣，提到了琉璃好朋友的名字。聽紗英說，琉璃走去和回家相反的電車車站方向，於是妻子去車站附近找了一下，仍然沒有發現她，最後向車站工作人員說明了情況，請工作人員向往東京方向的各個車站聯絡，當然也已經報警協尋。如果琉璃獨自搭電車去哪裡，一定會在東京都內的某個車站發現她的身影。妻子在電話中說了這些讓小山內覺得有點過度樂觀的話。

在妻子說話的同時，小山內還聽到了周圍的雜音、旁人說話聲和笑聲。

「琉璃和同學分開時是一個人嗎？」

「對。」

「千真萬確嗎？有沒有其他人看到琉璃？有沒有人看到她和陌生的成年人在一起？」

「不，琉璃應該是一個人搭上了電車。」

憑什麼這麼斷言？小山內覺得全身的血都衝到了腦袋。

「妳在哪裡打電話？」

「車站的公用電話。」

「妳趕快回家，守在電話旁，我也馬上就離開公司回家。」

「一有消息，會先聯絡這裡。到時候你要去接她。」

「接她？」

「只要找到琉璃，就會通知這裡車站的工作人員。」

「這……」他吞著口水，「那是琉璃的確搭上了電車的情況。」

「但是，」妻子的話還沒說完，但小山內沒時間聽下去。

萬一她沒有搭上電車怎麼辦？小山內很想這麼反問，但來不及說那麼多，掛上了電話，然後走去上司身旁，小聲向他說明了情況，在上司的首肯下提前下班。

沒想到小山內拿起公事包，正準備離開辦公室時，又立刻接到了第二通電話。距離他剛才掛上電話還不到五分鐘的時間。

也許是因為猜對的關係，妻子的聲音很興奮。

「高田馬場？琉璃在高田馬場找到了？」

「對。」

「為什麼會去高田馬場……？」

「不知道，但幸好比想像中更快就找到了。真是太好了，如果到末班車時間還沒有消息，就沒有任何線索了，我真是擔心死了。阿堅，你可以馬上去高田馬場把她接回來嗎？」

「……好。」

「你可以告訴她，即使回家，媽媽也不會生氣嗎？」

小山內覺得很幸運，也感謝這樣的幸運。琉璃在高田馬場時，向驗票口的工作人員問路，工作人員把這個背著書包的小學生交給了剛好有空的同事，那個同事又把她交給了派出所的巡警。

巡警大約四十多歲，比小山內年長大約十歲左右，他用不像是處理完一件大事的平靜態度，接待了離家出走女兒的父親。首先要求小山內填寫了一些資料辦理相關手續，在他填寫時，巡警在一旁主觀而簡略地說明了情況。

「你女兒要找的那家錄影帶出租店之前的確就在附近，也許你也知道，就是一樓是蕎麥麵店和菸店的那棟大樓，錄影帶店就在那棟大樓的地下室。那家店是在去年，不，好像是今年才結束營業，之後就變成一家居酒屋。剛才在你女兒的央求下，我帶她去了那裡，她似乎也接受了。雖然難免沮喪，可能那家錄影帶店有她很喜歡的電影，雖然是小孩子，但始終忘不了那部電影，想要再看一次。因為她什麼都沒說，所以我也不瞭解情況，但如果她想看電影，可以去其他錄影帶店借來看，你也要好好勸勸她。」

因為巡警說明的情況太簡略，小山內一時搞不懂是怎麼回事。

巡警又接著說：

「聽當地提供的消息，你女兒之前就想來這裡。不，是班導師打電話來時，你女兒不願接電話，所以我就代替她，和那裡派出所的人聊了幾句。聽說之前發生過兩次未遂的情況。不，我知道，雖說是未遂，但不是什麼大不了的事。只是偷偷溜出學校，結果在那裡的車站不知道怎麼買車票，正在不知所措時被輔導人員發現。這種事往往都會有預兆，所以家長要瞭解這一點，以後也要多注意。」

小山內第一次聽說這件事。

小山內拿著筆，看著旁邊的鐵管椅，發現琉璃低著頭，伸直雙手，左右兩手抓著椅面角落。在小山內趕到派出所後，她完全沒有看他一眼。

辦理完手續，臨走時，中年巡警說：

「小妹妹，妳的名字叫琉璃，是很棒的名字，而且會自己寫漢字也很了不起，叔叔很驚訝。妳要好好感謝為妳取了這個好名字的爸爸媽媽，千萬不能讓他們為妳操心。下次想看電影時，要先告訴爸爸，不要再一個人搭電車了。」

女兒完全沒有反應，巡警不以為意地微笑著，把書包遞給小山內時小聲地說：

「裡面裝了換洗的衣服，這是小孩子的想法。也許你會說不知道女兒在想什麼，但這只是小孩子心血來潮離家出走，有時候也會遇到外地的孩子只帶了搭車的錢就來東京。總之，要好好和孩子溝通，避免再次發生這種情況。」

搭上往稻毛方向的總武快速線電車之前，琉璃不發一語，小山內也懶得主動開口。

雖然想問的問題不斷湧到喉嚨口，但從高田馬場到轉總武線的電車上一直都站著，既然女兒不想開口，他也不想在眾目睽睽之下逼她開口。他決定回家之後，和妻子一起好好與她溝通，所以獨自陷入了沉思。

他隱約回想起幾年之前，琉璃還只會用平假名寫自己的名字。那一次是一家人回八戶省親的時候，琉璃之前只搭過母親開的喜美，所以看到電車進站，就興奮地跳著說：「電車！電車！」

他回想著這些往事，在離稻毛車站還有幾站時，乘客人數越來越少，並肩坐著的父女周圍也有很多空位。小山內把女兒的書包放在腿上，突然覺得坐在那裡不說話變成一種痛苦。

為了吸引女兒的注意，他把書包放在一旁，靠在椅背上，輕輕嘆了一口氣。

「肚子餓了。」

「……」

「回家之後，要請媽媽訂披薩。」

「……」

「媽媽剛才在電話中說——」

這時，琉璃把後腦勺靠著椅背，好像也在有樣學樣地輕輕嘆了一口氣。她臉上的表情比小山內記憶中的女兒成熟多了。

「媽媽可能覺得我無可救藥了！」她說，「這已經是第三次被輔導了。」

小山內並沒有在意小孩子說「無可救藥」這個成語，以及妻子隱瞞了女兒之前曾經遭到兩次輔導的事。

他脫口問出了最在意的問題。

「妳是去找小哲嗎？」

女兒轉頭看著小山內，露出不耐煩的眼神，如果用文字表達，就是「你在說什麼鬼話？」

「妳去高田馬場不是為了和小哲見面嗎？」

女兒用後腦勺靠著椅背，左右用力搖晃著下巴。

「是喔。」他相信了女兒的肢體語言，「原來是爸爸誤會了，那就好。」

既然這樣，琉璃為什麼要去高田馬場的錄影帶店？聽巡警提到這件事時，小山內最先聯想到之前琉璃睡迷糊，站在走廊上的那天晚上，原本夫妻兩人打算看《星際大戰》的錄影帶，但那件事應該和高田馬場的錄影帶店沒有關係，更何況自己甚至不知道那裡有錄影帶店。

「其實不是叫小哲。」

「……嗯？」

「真正的名字。」

「真正的名字？誰的名字？」

女兒把頭靠在椅背上，看著小山內。

「妳是說那個娃娃嗎？」

女兒挪了挪腦袋的位置，不顧頭髮也弄亂了，好像偏著頭在思考，到底該不該說出秘密。她的猶豫幾秒鐘後得出了結論，慵懶地上下移動著下巴。

「是這樣啊，原來他的名字已經不叫小哲了啊。」小山內說，「那妳告訴我現在叫什麼名字？」

女兒移開了視線，看著前方。對話又中斷了幾秒鐘。

「媽媽很擔心妳。」小山內下定決心開了口，「因為妳知道很多老歌，也會寫一些很難的漢字，媽媽擔心都是小哲教妳的……」

「完全不是。」

「不是吧？」

「媽媽其實已經知道了。」

「是這樣嗎？」

「我之前就會了啊，全都是我自己學的。」

「都彭的打火機呢？也是之前就知道的嗎？」

「嗯，我還會換打火石。」

「妳在哪裡學會的？」

琉璃再度懶洋洋地轉頭看著小山內。

「爸爸，」

「嗯？」

「到底幾歲才可以？」

「可以什麼？」

「我幾歲之後，才可以一個人搭電車想去哪裡就去哪裡？」

「妳想搭電車去哪裡？」

「想去哪裡就去哪裡啊。」

「妳想一個人去旅行嗎？」

「對。」

「那就要等從學校畢業之後。」

「小學嗎？」

「大學。」

「大學？我不想讀大學。」
「為什麼？爸爸和媽媽都讀了大學。」
「高中畢業不行嗎？」
「也不是不行……」
「那我高中畢業後，可以一個人去旅行嗎？這樣就沒問題了嗎？」
「嗯，如果高中畢業的話……」
小山內告訴自己，那是遙遠未來的事，而且是未來假設的事。
「等到妳順利畢業，然後找到工作，能夠自己賺錢之後，就可以用這些錢去旅行了。」
「千真萬確嗎？」
「對，千真萬確。所以在那之前，不可以再一個人搭電車了。因為妳只有小學二年級。」
「是啊。」
「小學生一個人去哪裡，當然會被輔導。無論去哪裡，都會一次又一次被逮到。這點妳應該知道吧？」
「我知道。」
「今天已經汲取了教訓吧？」

「對，已經汲取教訓了。」

「既然這樣，以後就別再做這種傻事了，因為只會給大家添麻煩。無論妳想去哪裡，在高中畢業之前都必須忍耐。妳能夠保證嗎？」

琉璃在回答之前微微閉上眼睛，用後腦勺敲著椅背一次、兩次。

「好吧，還有十一年。」

「回家之後，也要向媽媽保證喔。」

「嗯，我會。」

「妳真乖。」

雖然高田馬場錄影帶店的事，和都彭打火機的事都懸而未決，但小山內當時並沒有問她。因為意想不到的發展，女兒承諾在未來的十一年，在高中畢業之前都不會一個人去任何地方——雖然這是琉璃主動提出的——但意外輕鬆地得到了女兒的承諾很重要。當電車抵達稻毛時，小山內感受著身為父親，暫時卸下肩上重擔的心情。

4

琉璃遵守了約定。

那天之後，到十八歲從高中畢業為止，她從來不曾再背著父母做一些奇怪的行為。

琉璃不再離家出走，她去高田馬場錄影帶店的目的，以及她吹噓知道換打火機打火石方法的真偽也始終無法真相大白。小山內並不認為這兩件事有必要詳細追究，舊事重提，簡直就像故意吵醒已經睡著的孩子。雖然他們夫妻並沒有針對這件事溝通，但妻子似乎在這個問題上也沒有異議。在那之後，妻子也沒有再為女兒的問題找他商量。

因此，琉璃的離家出走事件，就像小山內懷疑妻子精神狀態是否出問題的那天晚上的一幕一樣，成為在五井．稻毛時代平靜歲月中為數不多的事件——也就是和家人一起吃火鍋的回憶，或是一起吃銅鑼燒的回憶不同的——人生中難以忘記的一幕，放進了小山內的記憶抽屜裡。在該想起的時候之前暫時遺忘了。

小山內在很久之後，才再度面對這件事。

十一年後。

在約定的那一年，女兒參加完高中畢業典禮後不幸發生車禍。當時開車的是妻子梢，母女兩人都當場死亡。

之後，小山內獨自一人開始思考。

11:30

小山內堅深深地嘆了一口氣，為了調適心情，他拿起了咖啡杯，喝著加了大量砂糖和牛奶的咖啡，為自己爭取時間。

然後，他開了口。

「銅鑼燒的事不重要，事到如今，根本無法確認我們一家人是否曾經一起吃過銅鑼燒，和妳這個外人爭論這件事也無濟於事。」

「是啊，現在根本沒辦法確認。」名叫琉璃的女孩表示同意，「既然你堅稱不記得了，那我也無所謂。雖然其實真的有吃過。」

小山內當作沒有聽到她最後說的那句話，拿起了方巾包裹，把原本是三角坐的鄰座桌上的餐墊推開，直接放在桌上。

打開繫得很緊的兩個綁結，將方巾攤開後，裡面出現了一塊幾乎是正方形的畫布。畫布用圖釘釘在便宜的木板框架上。

小山內抬起頭，看著少女的眼睛。少女雖然說話帶著嘲諷，但眼神很嚴肅。

小山內將視線移回了畫布。

「這幅畫是我女兒在高中時畫的。」

「嗯，我知道。」

「這是她的遺物。遺物的意思就是……」

「我知道。」

少女的話音未落，就把手伸了過來。

小山內不再制止。

死去的女兒所畫的油畫，交到了少女手上。

這個和女兒同名的少女把畫捧在胸前，看著出了神。

雖說是女兒的遺物，但小山內直到最近才發現這幅畫。距離女兒發生車禍死亡已經過了十五年。在這十五年期間，他都不知道有這幅畫的存在，或者說，當他退休決定搬回八戶時，是他親手把所有東西都裝進了紙箱，當時應該曾經看過那幅畫，但在之後的十五年期間——連同在發現這幅畫的同時，回想起琉璃在高中時代參加過美術社的記憶——都忘得一乾二淨。這麼一想，就覺得在慎重其事地告訴少女：「這是女兒的遺物」這句話時，內心並不是沒有絲毫的羞愧。

而且，當初是小山內的母親在壁櫥的舊紙箱內發現這幅油畫。母親問他：「我找到一幅你的舊畫，這個也可以丟了嗎？」這句話到底是「你以前畫的畫」的意思，還是「上面畫了你的舊畫」？但小山內看了一眼，立刻知道兩者皆非，因為上面畫的並不是小山內，而是一個年輕人。畫布的右下角用黑色的字簽了琉璃名字的羅馬拼音RURI。

少女目不轉睛地看著那幅肖像畫，臉頰泛著紅暈。

少女身旁的母親探頭看著畫，驚訝地瞪大了眼睛，連續眨了好幾次，把手放在胸口，似乎想要平靜激動的心跳。因為職業的關係，她做這種誇張的姿勢也爐火純青。她是訓練有素的女演員，她應該和小山內一樣，一眼就看出那是誰的肖像畫。

母親從肖像畫上抬起視線，張著嘴唇，似乎想要說什麼，想要向小山內表達適切的感想。然而，在這幅畫面前，並沒有所謂適切的感想。無論是少女的母親，還是小山內，都清楚瞭解這一點。她只是用濕潤的雙眼看著小山內。小山內無法承受她演技過度的視線，再度把咖啡杯舉到嘴邊，然後看了一眼手錶。十一點三十分。三角仍然沒有現身。

小山內想到了回程新幹線的時間。

他沒有向同住的母親、同事或是其他人提過來東京的事。如果要把今天的行動藏在心裡，當作從來沒有發生過，就必須在和平時一樣的時間回到八戶的老家。為此就必須在下午一點二十分搭上東京發車的「隼號」新幹線。下午四點十三分就可以抵達八戶。

到了八戶車站後，稍微打發一些時間，和平時搭同一班公車回家。在此之前，可能會接到清美的電話。還是會按照最近漸漸變成的習慣，在下班後直接開車去小山內家，討他母親的歡心？

在父親數年前去世之前，母親對荒谷清美展現敵意，說她是帶著拖油瓶的四十幾歲老女人，不讓她進家門，但目前情況完全不一樣了。

父親離開後，母親變成了一個無法獨立做任何事的人。兒子和丈夫完全不同，即使有問也不答，她對這樣的兒子感到火冒三丈——雖然只是一大早就問要洗幾杯米，洗衣劑是不是改買加了香料的牌子之類的問題——變成一個即使在有外人的場合，也照樣哭哭啼啼的老太婆。如果不是有拖油瓶的荒谷清美的協助，如果不是清美發揮耐心，協助她處理從一週年忌日的法事，到簡易保險的更新，母親甚至無法整理父親的遺物。

母親無法根據自己的判斷做任何事，靠著仰賴素不相識的荒谷清美和她讀中學的女兒，終於慢慢找回了原來的自己。母親在今年之後完全變了樣，從一個極端走到了另一個極端。她接受了荒谷母女的提議，開始清理包括父親遺物在內的家中不需要的東西。這個還需要嗎？這個還能派上用場嗎？這種好像在問別人的問話變成了她的口頭禪。她在紙箱內找到琉璃的油畫時，小山內剛好就在旁邊。

小山內先生？

少女的母親叫著他。

從回程的新幹線拉出去的思緒斷了，小山內從八戶回到了東京的現實。

十一點半。三角還沒有現身。

少女的母親察覺了他臉上含糊的表情，又叫了他一次。

「小山內先生。」

小山內已經預測到對方接下來要說什麼。

接著，對方問了幾乎和他預測相同的問題。

「小山內先生，你曾經見過三角先生一次吧？」

「對。」小山內點了點頭。

5

嚴格地說，小山內見過三角兩次。

第一次是十五年前。

那是三月時，在小山內當時任職的城市仙台。

在葬送妻子和女兒的儀式上，許多陌生人來向小山內表達哀悼。遠親、妻子的朋友、女兒的同學、高中的相關人士，還有公所、警察和媒體的人。三角也是那天走到小山內面前，向他表達哀悼的無數人之一。

「我是三角典子的弟弟哲彥。」三角自我介紹說。

而且，他還恭敬地對小山內說：「如果你有時間，我想和你稍微聊一聊尊夫人和令千金的事。」當時，小山內正在火葬場等待。

然而，小山內沒有聽懂他的意思。他接受了妻子和女兒的死，接受了慘不忍睹的屍體都是現實，好不容易維持自己理智，身為喪主他難以照字面理解那個男人說的那句話的意思。他根本不關心對方是誰，也不在意對方說了什麼。任何人說的哀悼話，都是無法打動他的陳腔濫調，左耳進，右耳出。小山內一整天都處於這種魂不守舍的狀態。當三角不抱希望地離開後，其他人走了過來，向他表示哀悼。

季節更迭，夏末的時候，小山內向公司提出辭呈，決定回到故鄉八戶。

那時候，三角哲彥的名片還留在他手上，和其他幾個已經想不起是誰的人的名片放在一起。即使看了名片背面寫的羅馬拼音MISUMI AKIHIKO，也想不起那個男人的長相。他對來參加葬禮的所有人的臉都記憶模糊。

小山內把往後人生中不需要的名片全都丟了。也丟棄了不必要的記憶。

十五年後。

今年七月。

三角再度出現在小山內面前。

荒谷清美的女兒把三角帶到了小山內面前。

在梅雨季節陽光難得露臉的日子，小山內準時下班回到家，發現佛堂面向庭院的窗戶敞開著，有一個身穿夏季西裝的男人坐在那裡。小山內的母親、荒谷清美的女兒和那個男人一起圍坐在桌子旁，好像一邊閒聊，一邊等小山內回家。

男人一看到小山內，立刻移開坐墊，跪坐在榻榻米上，對他深深鞠了一躬。小山內的視線移向一旁，想要瞭解這是怎麼一回事，母親看著客人恭敬打招呼的樣子出了神。

荒谷瑞樹用手掌指著他介紹說：

「這位是三角先生。」

小山內站在走廊上，順勢說了聲：「你好。」然後就走去二樓自己的房間。他平時一回家就直接回自己的房間，放好皮包，換了居家服後才下樓，把母親的無聊問題當成耳邊風。這是他每天的習慣。

他走上樓梯到一半時，瑞樹追了上來。

「三角先生來這裡掃墓。」

小山內停下腳步問：

「掃墓？掃我家的墓？」

「我們在墳墓前聊天，他問我不知道能不能見到你，因為我看他很想見你的樣子，所以就帶他來這裡。」

「去掃墓幹什麼？」

「……我嗎？」

小山內走上樓梯，轉過頭。

身穿制服的瑞樹在樓下露出極其不滿的表情，挑起單側眉毛說：

「去幹嘛？去問候啊。雖然我不是媽媽，阿堅，真是太令人失望了，如果你這麼對奶奶說，她又要流淚了。」

「中元節再去掃墓就行了。」

「今天是忌日啊，是月忌日。」

小山內用一隻手鬆開了領帶。中學生口中說出「月忌日」這幾個字讓他感到窒息。這個女孩說，她在放學回家路上，順便去小山內家的墳墓掃墓，難道是清美教她用這種方式博取奶奶的好感嗎？

「那個三角先生是什麼人？」

「是典子小姐的弟弟，原本是八戶人，因為都住在東京，所以看起來很瀟灑脫俗。」

「他看起來瀟灑脫俗嗎？」

「對啊，和你相比的話，而且身材也很好。」

「典子小姐是誰？」

「你見過啊，難道忘了嗎？就是十三年忌日的時候，是住在札幌的好朋友。」

「是喔。」

「你下樓好好和他聊一聊，既然我帶他來了，要給我面子。我現在要回家，要和媽媽會合。」

小山內五分鐘後下了樓，等在樓梯旁的母親小聲問他：「好像會聊很久吧？他好像是一家大公司的部長，要不要叫壽司？要訂榮鮨還是姫屋鮨的壽司？」

每次叫壽司，母親都會問相同的問題。小山內回答說：「只要換杯茶就好。」然後走進佛堂，在黑色的矮桌前面對了不速之客。

母親說的沒錯，對方遞過來的名片上的確印了耳熟能詳的大型工程公司名字，和總公司總務部部長的頭銜。他的名字叫三角哲彥。客人再度介紹說，他是三角典子的弟弟。

名叫三角典子的女人在結婚之後，目前住在札幌，是十五年前去世的妻子梢的朋友，她們是中學和高中的同學。她的弟弟目前坐在自己面前，到底有什麼事？小山內感到訝異，等待著三角開口。

6

「好久不見。」

三角娓娓道來的故事以讓小山內意想不到的這句話拉開了序幕，而且訴說的時間比母親原本擔心的更久。

一個小時後下班的荒谷清美也來了，和女兒瑞樹會合後，三角仍然沒有說完。之後，姬屋鮨送來了上等握壽司。想必是清美對到底要訂榮鮨還是姬屋鮨的壽司這個蠢問題做了決定。開了電視的客廳傳來小山內的母親、清美和瑞樹有說有笑地吃飯的聲音。夜已深，氣溫也降低了，面向庭院的佛堂早就關上了窗戶。

小山內理解了三角說的內容概況。

首先，這是他們第二次見面。

三角直率地說：「我們曾經在仙台見過一次，在尊夫人和令千金的葬禮上。」小山內當然忘了十五年前那一天的事，也忘了之後把對方的名片也丟掉的事。但既然三角說他去了火葬場，那應該就是事實。

三角又接著告訴小山內，今天白天，他去了小山內任職的水產品加工公司，向女事務員打聽了小山內在哪裡，對方回答了他。

「所以我也去了圖書室。」

三角露出啼笑皆非的表情說。聽他說話的語氣，好像「圖書室」這三個字加了重點符號。

那是在公司老闆的提議下，把原本的倉庫改成的圖書室，位在辦公大樓一樓的角落，包括董事長和罐頭、乾貨工廠的計時工在內，總共超過一百名員工幾乎沒人會去圖書室。但是，當三角向女事務員打聽小山內的下落時，她一定回答：「小山內先生午休時都在圖書室看書。」

其實他並不是都在那裡看書，只是經常坐在那裡，把書攤在面前發呆，但在別人眼中，他應該是一個書蟲。只不過那一天，小山內午休時間並沒有去圖書室。他吃完麵包配牛奶的午餐後，被初夏久違的陽光吸引，去碼頭散步。所以三角聽了事務員的回答，打開貼了「圖書室」牌子的門時，發現室內空無一人。

小山內靜靜聽著三角說話，也沒有附和。

三角說話聲音洪亮，充滿了身為人上人的自信。他說完時的態度沒有絲毫的含糊，巧舌如簧。小山內只是在他停頓時點點頭而已，也沒有提起自己去碼頭散步的事。也就是說，這個男人千里迢迢從東京來到八戶，找到了自己任職那家公司的辦公室，而且還去圖書室找人。有什麼要非見自己不可的理由嗎？小山內雖然有點困惑，但還是沒有吭氣。

三角似乎察覺了他的困惑，向他解釋說：

「我昨天回來參加我父親三週年的忌日，說白了，就是我順利延長了一天休假。因為機會難得，我希望能夠和你見一面。」

小山內看向佛壇，三角上的香已經燒完了，但四周仍然彌漫著餘香。他看著佛壇上的牌位，打算向三角道謝：「聽說你去為我太太掃了墓。」但當他張開嘴巴時，說出的竟然是連他自己都感到意外的無聊話。

「你姊姊典子最近還好嗎？」

「她目前在札幌一切都很好。」

但其實小山內根本不記得那個女人的長相。

「那真是太好了。」

「姊姊也要我代她向你問候。」

「是嗎？」

「對，姊姊因為孩子工作的關係，今天早上就回札幌了。」

「三角先生。」

「是？」

「你應該也是我高中的學弟吧？」
「是啊。」
三角露出自然的笑容，小山內覺得他的笑容很年輕，和名片上的頭銜很不相稱。如果說他瀟灑脫俗，這個笑容或許也很瀟灑脫俗。
「我是比你小八屆的學弟。」
「所以，你和你姊姊相差六歲？」
「沒錯。」
「所以？」
「所以什麼？」
「你找我有什麼事？和你姊姊有什麼關係嗎？」
「不，這件事和我姊姊沒有關係。」
「這件事？」
小山內嘟囔著，三角併攏雙膝，坐直了身體。
「我要說的是關於已經去世的令千金和尊夫人的事。說來有點話長，沒問題嗎？我知道不請自來，先去你的公司，又闖來你家很失禮，但我今天去掃墓，看著刻了她們母女名字的墓碑，覺得不應該錯過這個機會。剛好你認識的中學生主動和我說話，我相信這也是一種緣分，所以我希望讓你也知道這件事。」

小山內露出不悅的表情。

你認識的中學生。三角應該已經察覺到那個中學生的母親和小山內之間的關係。

「事到如今，即使告訴我已經死去的人的回憶……」小山內用好像平時對母親說話時不以為然的口吻，輕率地說到這裡，停頓了一下，「我覺得即使回首往事也無濟於事。」

三角立刻回答說：

「我接下來要告訴你的，並不是普通的回憶，我也不是因為一時的感傷才登門造訪。」

「嗯，我相信是這樣。」

這個姓三角的男人竟然有關於十五年前已經死去母女的回憶，這件事反而有點奇怪。小山內的內心改變了主意。

「以前，我曾經，」

三角洪亮的聲音響起。

小山內用視線找菸灰缸，發現在地板角落，正準備站起來。

「曾經有一次，和她說過話。」

「是喔，和你姊姊一起嗎？」

「不，我姊姊不知道這件事。」

「你姊姊不在場？所以，你曾經和我太太在哪裡見面、聊天嗎？」
「不是，我剛才說的是令千金。十五年前，我和她曾經通過電話。」
小山內從坐墊上滑了下來。
「……你和琉璃？」
「對，我在琉璃小姐生前曾經和她通過一次電話，當時我也在東京總公司任職，但是在晚上回家後，接到了電話。電話號碼是我姊姊告訴她的，是尊夫人向我姊姊打聽我的電話。」
小山內完全搞不清楚是怎麼回事，只知道三角剛才提到的「這件事」已經開始了。
「當然，我是事後才知道這樣的來龍去脈。正如我剛才說的，這件事和我姊姊沒有直接關係。我想要強調的是，令夫人協助琉璃小姐查到了我的住址和電話號碼。」
小山內完全沒有說一句話。
他從菸盒裡拿出香菸，叼在嘴上，用Zippo打火機點了火之後，才突然想起似地起身拿菸灰缸。他低著頭回來時，三角開了口。
「我可以繼續說下去嗎？」
「說下去當然沒問題……」
小山內發現自己的聲音很小聲，聽起來很虛，忍不住清了清嗓子。
「我完全不知道你想說什麼。」

「因為我接下來才要說正事。」
「不，在此之前，我想請教一下，琉璃為什麼要查你的聯絡方式？」
「這就是我接下來要說的。」
「所以，我太太也曾經提供協助。」
「是。」
「所以說？」
「所以說，」三角很乾脆地說：「就是那起車禍的事。」
十五年前，小山內的妻子和女兒的那起不幸的連環車禍。小山內對三角的回答無法感到滿足，他用眼神表達了他的不滿。
「發生車禍的那一天，」三角突然開始吞吞吐吐，停頓了很長時間。
「請問你知道她們是為什麼事開車外出嗎？」
小山內再度沉默不語。
那天的事根本不需要刻意回想。那一天，小山內和平時一樣出門，去仙台分公司上班。他向來不在意自己上班時，妻子和女兒會聊什麼。隔月就要上大學的女兒和母親有太多理由要開車外出。她們是為什麼事開車外出？即使沒有任何事，喜歡開車的梢也會邀琉璃去兜風吧。
「所以，」三角又重新說了一次。

他似乎看到小山內無法回答，決定繼續說下去。

「她們當時前往東京和我見面的途中，發生了那起車禍。」

接著，三角進入了正題。

小山內也大致瞭解了正題的內容。

雖然理解了，但並沒有完全接受他說的情況。那種感覺很像四分之一世紀前的那個夜晚，看到妻子精神即將崩潰時的反應，在聽三角說話的同時，小山內發現多年前熟悉的感情再度甦醒。那時候住在稻毛的公司宿舍，妻子梢列舉了七歲的女兒身上發生的一些匪夷所思的現象，然後懷疑女兒是否躲在走廊暗處聽到一切的那個晚上，至今為止，小山內曾經一次又一次反覆回味那天晚上從頭到尾的記憶，至今仍然留在內心深處——無論在家裡，還是公司的圖書室——因為不時會重現當晚的一切，所以三角說的那番話造成那種無助的心理狀態，對小山內來說已經算是熟悉的感覺。

三角說的內容和以前妻子說的內容一樣，都讓他一時難以置信，而且都包括了相同的內容，是一個沿著過去到現在的時間軸展開的故事。不同的是，妻子只是窺視到其中一部分而已，但三角掌握了整個故事的全貌，所以才能夠告訴小山內。

那是橫跨了三十多年的漫長故事。

7

三角哲彥出生在青森縣八戶市。

他和小山內一樣，在高中畢業之前都留在老家，然後進入了東京的私立大學，畢業後，進入一家大型建設公司任職。

他在一九八〇年代後半進入公司，那一年被分配到東北分公司的會計部。

他在東北分公司工作三年，受到上司的賞識，在九〇年代後，被調到剛動工不久的東京灣跨海公路工程現場。之後一直到跨海公路開通那一年為止，三角身為年輕員工，發揮了出類拔萃的實務能力，最後成為深受矚目的人才，被調回了總公司總務部，從此在公司內平步青雲。

進入二〇〇〇年代後，他很快就升為人事部副課長。

之後，曾經調去名古屋分公司擔任總務課長，在震災的隔年，再度被調回總公司，這次的頭銜是秘書室副部長。

今年春天，他接到了升為總公司總務部部長的人事命令。

這只是他大致的經歷，但只有一點和小山內不一樣。

那就是三角哲彥花了五年時間才從大學畢業。這個男人就像一疊四個角落都很整齊的資料，找不到任何參差部分的前半生，只浪費了一年的時間。

8

大學二年級的時候，一個認識的同學為他介紹了打工的工作。同學從大學學長手上接下這個工作，那個同學成績很好，申請到獎學金，也通過了去國外留學的考試，所以就轉介給三角。「三角形，那個工作簡單輕鬆，你也能勝任啦。」那個同學說話時向來有點盛氣凌人。「三角形」是三角從小學開始的綽號。

打工的地點在高田馬場。

那是一家全年無休，從中午十一點營業到隔天凌晨一點的錄影帶出租店。當時，三角住在中野區沼袋的公寓，每天搭西武新宿線和山手線到池袋上課，高田馬場剛好是他要轉車的車站，所以交通上完全沒有任何問題，他對七百五十圓的時薪也沒有任何不滿，只是因為店裡不補貼交通費，所以他盡可能避免會趕不上末班車的晚班。為了配合大學選課的情況，三角以週六、週日為主，每個星期打工四天，上從十一點工作到傍晚六點的早班。

那家錄影帶店位在大樓的地下一樓。

打工的日子，他每次都比營業時間提到十分鐘到店裡，沿著狹窄的樓梯走去地下樓層。幾乎都在打開店門之前，就會聽到電話鈴聲。放在店內收銀台上的電話響個不停。接起來一聽，果然不出所料，就是遲到慣犯的同事。

「三角形，不好意思，我會晚點到。」

然後不等三角回答，又接著說：

「就說我去銀行換零錢了，齊木哥來了之後，你也向他打聲招呼。」

齊木哥是相當於店長的同事，平時都不在店裡，而是在稱為辦公室的公寓內負責拷貝錄影帶的工作。說起來，他和打工店員的關係更密切，所以當老闆偶爾來店裡時，也會事先套好招，袒護遲到的店員。

遲到慣犯的同事姓中西，雖然比三角年長，但目前在千葉一所大學就讀。雖然經常遲到，但他不管早班或是晚班，每天都會來店裡打工。三角很納悶，忍不住擔心地問他不去大學上課沒問題嗎？

「大學？在千葉，千葉欸。鞋子都弄髒了，我才不去呢。」

三角聽他這麼回答，也就不再多問了。

菜鳥三角和這個老鳥同事搭檔，認真開始打工。

那時候，他才二十歲。

有一次，三角去上班時，發現一個陌生女人站在店門前。那是七月上旬，正值梅雨季節，那天也從一大早就下起了傾盆大雨。走下通往地下室樓梯的三角，和站在店門旁的女人都拿著滴著水的雨傘。

他並沒有馬上和那個女人說話。

三角只是對照理說不會有人的地方站了一個人這件事感到驚訝，然後掩飾著驚訝，像前一天早上一樣，把雨傘放進了雨傘桶，從牛仔褲口袋裡拿出了店的鑰匙。對方察覺後退到一旁，雖然沒必要，但三角還是向她鞠了一躬後打開了店門。兩個人始終沒有交談。她退到一旁和他鞠躬時，兩個人的嘴裡都發出了像是乾笑，卻難以形容的嘆息聲。

做好從打開店內照明開始的幾項常規作業，完成開店的準備時一看時鐘，十點五十五分。

他向外面張望，發現那個女人仍然站在剛才的地方。隔著玻璃，可以看到她身上一部分暗綠色的雨衣。門外寫了錄影帶店的營業時間，三角猜想她有所顧慮，所以沒有進來。她打算在外面等五分鐘，等到營業時間再進來嗎？

他大步走到門口，推開了門。店裡通常都是晚上比較忙，尤其是深夜，上午時間只有零星幾個客人會來歸還之前租的錄影帶。正如介紹這個工作給他的同學所說的，這個工作輕鬆又簡單。

女人面對著樓梯口站著。

「請進。」三角輕鬆地對著她的背影說道。

隔了對一拍來說，似乎有點長的時間，她轉過頭。

她看起來不像是因為在意營業時間而等在那裡，而是好像在想其他的事。我嗎？她露出詢問的眼神看著三角。你是在對我說話嗎？三角覺得這種好像少女般的表情很親切，而且讓她看起來比實際年齡更加年輕，想起高中時，坐在斜前方的女生也曾經露出這樣的表情轉過頭。

剛才下樓梯遇見時，只是覺得她很漂亮，但並沒有仔細看她的長相，所以這是第一次正面看她的臉。三角和她四目相接，看著她的臉，對方也鎮定地看著他。如果自己不開口，這樣的時間可能會一直持續下去。

「現在可以，」三角好不容易擠出聲音，「歸還錄影帶了，請進。」

「喔。」她發出恍然大悟的聲音，雙眼露出了笑意。

「不是，不好意思，讓你誤會了。我原本想躲雨，然後想知道這下面不知道怎麼樣，所以就下來看一看，但下來之後就不敢走上去了，因為樓梯很陡。」

「原來是這樣。」

「啊？」她反問了一聲，整個身體轉向年輕的店員。

三角說「原來是這樣」這句話，當然是指原來她不是來歸還錄影帶的客人，但她似乎理解三角在指樓梯很陡的意思。

「對啊，到了我這個年紀，」她用比她實際年齡更老成的假聲對三角笑了起來，「這個樓梯不是很陡嗎？而且中途還有轉彎，從下面往上看，也看不到出口。下來的時候雖然帶著探險的心，但要走上去就很痛苦了。」

「請問妳幾歲了？」這句話衝到了喉嚨口，但三角還是把話吞了下去。

三角的手仍然放在門上，對目前的情況不知該如何是好。「三角同學呢？」她看了圍裙胸前用別針固定的名牌後搶先問：「你幾歲了？」三角老實作了答。「是喔。」她再度發出恍然大悟的聲音小聲嘀咕，「大學生嗎？」

「對。」

「真忙啊，又要讀書，又要打工。又要下樓梯，又要上樓梯。」

「嗯，是啊。」

「你在大學讀什麼？」

「科系嗎？算是經濟系。」

「算是嗎？」

「不，不是算是，就是經濟系，至於在學什麼……」

「是啊，即使你說了，我應該也聽不懂。」

雖然第一次見面，但那個女人扮了吐舌頭的鬼臉。也可能是記錯了，實際上只是瞇起眼睛而已，然後，她露出了之後讓三角難以忘記的笑容對他笑了笑，又馬上轉頭看向樓梯的方向。

「啊，又打雷了。雷聲好大，站在下面也可以聽到。」

三角向店外走了一步，站在女人的旁邊。門在背後關上了。

這時他才終於發現，這個女人比他想像中淋得更濕。長髮的髮尖都吸滿了水，好像細長形的尖葉子般黏在肩膀上。雨衣的肩膀和下襬早就被雨水打得變成了深綠色。她可能從附近走來這裡，光著腳穿著拖鞋，拖鞋的皮革和又白又瘦的腳也都淋濕了。

如果是在住家遇到這種事，一定會拿毛巾給她，但現在牛仔褲的口袋裡甚至連手帕都沒有。雖然都會把一件替換的汗衫摺得很小放在平時背的背包裡，但應該無法發揮任何作用。當她接過T恤時，不知道會露出怎樣的表情？會露出和剛才一樣的笑容道謝，然後拿來擦頭髮嗎？

他幻想著這些事，豎耳聽著頭頂上傳來的雷聲。

「三角同學，」年齡不詳的女人開了口，雖然三角有一種預感，接下來要談足以影響人生的重要事情，但她問了以下的問題。

「三角同學，你是東京人嗎？你父母還健在嗎？」

「啊？對，我父母都健在。」

「住在這附近嗎？」

「不，我是八戶人，所以在青森縣。」

「啊喲！」連名字都不知道的女人一轉過頭，立刻驚叫起來。

女人前一刻的聲音還很溫潤，好像在室內靜靜朗讀，三角站在她身旁，細聽她的說話聲，所以聽到她真實的聲音時，忍不住想要說：「這是歡呼聲！」三角甚至覺得耳朵感受到她的呼吸。

「怎麼了？」

「我也是青森出生的。」她說話的聲調明顯不同，而且速度也加快了，「雖然中學之後就離開了。」

「青森的哪裡？」

「是津輕。」她回答說。

「是喔。」

「是喔，原來是津輕啊？你剛才是不是這麼想？」

「不，我沒有……」

「八戶是在南部。」

「嗯，是啊。」

「草莓煮很有名，對吧？」

「妳知道得真清楚啊。」

「因為這是故鄉的名產啊。」

「妳的故鄉不是津輕嗎？」

「啊，你果然會這麼說。南部的人都會排斥津輕人。」

三角知道她並不是真心，所以很自然地露出了笑容。

「沒這回事，怎麼可能排斥呢？」

「是嗎？」她露出懷疑的表情。

「我們都是青森縣人啊，有困難的時候當然要出手幫忙。如果妳不介意，我可以借毛巾給妳。」

「啊？」

「妳的頭髮還是濕的，最好擦一下。」

「……對喔，都濕了。」

三角立刻做出了判斷，跑回店內，然後伸手一抓背包裡的東西，又馬上跑了回來。

之後才忍不住猶豫。當他準備把捲成圓筒形的黃色T恤遞給她時，突然不安起來，想到她可能無法感受到自己的親切。也許她看到攤開的T恤會露出不愉快的表情。

「謝謝。」她握住捲在一起的T恤角落，「脖頸的地方濕濕的，從剛才就覺得很不舒服。」

三角握住另一端不放手。

「呃，不好意思，這不是毛巾，是棉T恤，但已經洗乾淨了。」

「是嗎？」她點了點頭，「用來擦頭髮沒關係嗎？」

「請用，真的很抱歉，因為我只有這種東西。」

他把「這種東西」交到她手上，接過了她手上的雨傘。她攤開洗乾淨的T恤，然後又隨意摺成了四摺，伸進頭髮內側，在脖頸的位置擦了起來，然後又放在髮梢上吸水後，斜眼看著他，又開朗地聊了起來。

「我原本打算去看電影。」

「……看電影。」

「嗯，反正在家裡也沒事，原本以為這點雨，撐把傘就可以走去電影院，看來我想得太簡單了。」

「要走去車站嗎？」

三角之所以這麼問，是因為當時高田馬場站前的一棟住商大樓內，有一家名叫東映帕拉斯的電影院。

「不，我前天去那裡看過了，今天要去別的地方。」

「在演什麼電影？」

「我也不太清楚，我只查了時間……啊，我是不是不該在錄影帶出租店前聊這些事？」

「不，不必在意這些事。」三角搖了搖頭，想到女人說的「別的地方」應該是早稻田松竹電影院，然後想像著她撐著傘一路走過來的路線，也就是她住家的大致位置時，女人突然開口叫著他：

「三角同學，」

「是。」

「關於剛才的話題，你吃過草莓煮嗎？」

「吃過啊。」

「是什麼味道？」

「啊？」

「我跟你說，」在三角的記憶中，那個女人再度吐了吐舌頭笑了起來，「其實我沒吃過，雖然我根本不知道草莓煮是什麼味道，但我假裝自己很懂。對不起，如果你不介意，可以告訴我那是什麼味道嗎？」

「原來是這樣啊。」

「對啊，你是不是覺得，津輕的人果然無法相信嗎？」

「我才沒有這麼想。」

「你是不是覺得早知道就不拿自己的T恤給我當毛巾用了？」

「我才沒有這麼想。」

「那你告訴我，草莓煮到底是什麼東西？」

「喔。」

「我之前就一直很好奇。」

「草莓煮就是……」

這時，樓梯上傳來有人下樓的聲音。

不一會兒，就出現了人影，地下樓層響起一個無憂無慮的聲音。

「嗨，三角形！」

中西大聲叫了一聲。

「一大早就下雨，真煩人，千葉一定到處是泥濘，要穿長雨靴，挖蓮藕用的那種。」

三角閉口不語，看向身旁的人。

不知道她怎麼理解「嗨，三角形」、「千葉到處是泥濘」和「要穿長雨靴」這些話的意思，她露出忍著笑的表情。

「喔，這位是？」中西問道，「我是不是來得不是時候？」

「那就下次見。」

「啊，但是……」

「我該走了，這個謝謝你。」

那個女人恢復了端莊的聲音說道，交還了T恤，接過雨傘，走向階梯。不知道她決定回家，還是回家也很無聊，所以要在雨中走去電影院。

當她的腳步聲走遠後，中西一把搶過T恤，拍著三角的肩膀說：

「人家說要下次見喔。」

三角無法回答。

「你不去追她沒關係嗎？外面下著傾盆大雨。」

三角茫然地愣在原地，中西雙手拿著T恤檢查起來，定睛細看著衣服上印的文字。**I have a dream……that one day……？**他出聲唸出來之後問：

「這是什麼？金恩牧師的演說嗎？但這件T恤好香，真是銷魂啊。」

說完，他把T恤蓋在三角的頭上，把三角的頭夾在腋下。

中西聽完三角說明情況，懊惱得好像自己錯過了天大的機會。中西認為，三角面對初次見面的年長美女，犯下了兩個致命的錯誤。換句話說，就是錯失了兩個很大的機會。

兩大錯誤分別是打雷的時候，和把毛巾交給她的時候。

這兩次都是可以邀她走進店裡的大好機會，但三角竟然主動走出店外，站在她身旁聽雷聲。另一次獨自衝進店裡，然後拿成捲成一團的T恤，又特地跑出店外。這簡直蠢到家了。

「我說三角形，你看看周圍，可以看到什麼？沒錯，就是錄影帶，這裡是錄影帶出租店，有一大堆日本電影和歐美電影的錄影帶。你不是很喜歡看電影嗎？以前在老家的時候，不是也看了很多電影嗎？你到底都看到哪裡去了？女主角因為躲雨出現在你眼前，而且女主角打算去看電影，會有人一起站在門外，說什麼『啊，打雷了』這種屁話嗎？不可能有這種人，這根本是千載難逢的大好機會，而且絕佳的地點就在眼前。男人都卯足了全力，就是為了把外面的女人帶進來，然後在室內搞定一切。你是錄影帶出租店的店員，當然要對她說：『請進來店裡』啊。她一走進店裡，不是就會看周圍的貨架，不是就可以聊電影的話題嗎？你不是可以趁機請她加入我們的會員嗎？然後請她填寫入會申請書嗎？這樣不就可以拿到她的地址和電話嗎？不是嗎？結果你卻跑出去和被雨淋濕的美女站在一起聽打雷，然後拿著印了金恩牧師演說詞的T恤，在店裡店外跑來跑去。這簡直蠢到家了。」

二十歲的三角覺得，中西說的話很中肯。

剛才的確有機會請她進來店裡，姑且不論是否能夠在室內搞定，既然看到有人被雨淋濕，覺得於心不忍，想要幫一點忙，就應該先把她請進店內，然後再借T恤給她代替毛巾，這種幫忙的方式比較貼心。只要說一句：「請先進來吧」，等中西來上班，變成三個人之後的發展，也許就會完全不一樣，也許就不會讓她覺得不好意思繼續留下，只好再度衝進傾盆大雨。也許三個人就可以在室內聊草莓煮的事，直到雨停為止。

中西說的話完全正確，但自己就是沒想到這麼一句簡單的話。自己缺乏機智，缺乏那種風趣的機智，雖然這是指在異性關係上，但終究是因為自己沒經驗。年輕的三角從來沒有交過女朋友，之前就知道這是自己身為男人的弱點。

「那就下次見。」中西用假嗓學剛才的女人說話，繼續把三角這個學弟罵得狗血淋頭。

「她說這句話，或許是指望你可以說點什麼，但連一絲希望也沒有，因為根本不可能再有下次了。如果是我們店裡的會員也就罷了，她只是在這裡躲雨，再也不會來這裡了。三角形，你就這樣讓到了嘴邊的肥肉飛走了。」

又是肥肉，又是美女，三角無法照單全收中西這種不負責任的誇張形容。

因為三角無論對她嚴肅的表情，還是親切笑容的記憶都很模糊。

奇怪的是，三角在回想她的長相時，記憶就會變成黑白相片，就是那種報紙上刊登新聞時附上的那種稱不上清晰的大頭照。而且相片的尺寸也很小。

女人抿著嘴，看向正前方。

她的一頭黑髮在額頭中央左右分開，可以看到分線成為一條白線，向後腦勺延伸。

髮梢微鬈的黑髮順著纖細的脖頸兩側蓬起，飽滿地向兩側肩膀的後方擴散。無論是細長的脖頸，還是漂亮的鵝蛋臉，所有肌膚都很白皙。兩道黑眉和一雙黑眼左右對稱，幾乎看不到鼻梁的位置，嘴唇只是兩條隱約的短線。以整體印象來說，是一張平淡的臉。

但是，從她看著鏡頭的眼神中，可以感受到某種意志。如果站在鏡頭那一側的人願意去感受，可以感受到她有一種平靜的灰心。

而且，更奇怪的是，即使到了之後，三角對那個女人長相的印象也始終沒有改變。

在和她重逢之後，第一次談戀愛，和她建立了深入的關係之後，並接受了再也無法見到她的命運之後，她的臉始終都是黑白相片的淡泊印象。

原因之一，就是因為那是晚熟的大男生常見的一見鍾情。這是他有生以來第一次戀愛，沉醉在同時有性行為的大人戀愛中，整個人飄飄然，脫離了周圍的現實。越見面越沉醉，連沒有見面的時候，也迷濛了原本應該直視現實的雙眼，所以無限美化了她的臉，反而模糊了她真實的長相。她的鼻子是否高挺？即使想要回想，也無法回想起實際的樣子，模糊得令人焦急，就像報紙上的黑白相片。

另一個原因，三角自己也很清楚。

因為不久之後，他真的在報紙上看到了她的相片。由於在報紙上看到她相片時的衝擊太大，以至於相片上的臉取代了她的真實長相，深深地刻在他的記憶中。

三角看了報紙上的那篇報導之後，得知了她的全名和實際年齡——正木琉璃，二十七歲。

然而，這是幾個月之後的事了。

七月初旬的雨天，三角被學長中西數落了一頓，罵得他無地自容，為自己用很笨拙的態度對待比自己年長的女生感到懊惱不已，這是他唯一能做的事。

梅雨季節持續。

隔天之後，三角改變了習慣。

他開始在牛仔褲的後方口袋裡放一塊手帕。

每天背的肩背包裡除了T恤以外，還隨時放了一塊新毛巾。

然後，打工下班，就經常去東映帕拉斯或早稻田松竹，比之前更常看電影。

七月下旬。

晴朗的週日早晨。三角做完開店的準備工作，無所事事地等待客人上門，負責拷貝的齊木先生抱著一堆東西走了進來。

「中西呢？又去銀行換零錢？」齊木先生語帶嘲諷地問。

「不，今天銀行休息，他養的狗得了犬瘟熱，他好像帶狗去看病。」三角一臉嚴肅的表情回答。

「中西有養狗嗎？」

「他這麼說的。」

齊木先生哼了一聲，走進吧檯內側，把裝在紙箱裡帶來的ＶＨＳ錄影帶放在地上，重新黏好牆上貼紙翹起的角落。齊木先生用麥克筆在那張貼紙寫了「代客拷貝」幾個字。雖然警察不至於那麼囉嗦，但畢竟是違法行為，所以不能張貼在太顯眼的地方，只能低調地貼在角落的位置。

「啊，對了，三角形，我都聽說了。」齊木先生好像突然想起了什麼似地說，正從紙箱裡拿出拷貝好錄影帶的三角抬起頭，齊木先生一手拿著有底座的膠帶，一臉賊笑地說：

「聽說你的安娜・卡里娜比你大好幾歲。」

「誰？」

「你別裝糊塗，我已經知道了。」

「我的安娜・卡里娜是誰？」

「晚班的佐藤說的，好像是前天，不，好像是大前天的晚上。」

「安娜・卡里娜到底是怎麼回事？」

「安娜・卡里娜是女明星啊，尚盧・高達的前妻。」

「尚盧・高達的前妻？」

「你應該知道高達吧？啊，你既然不知道安娜・卡里娜，應該也不會知道高達。現在的大學生真是太遜了。你沒看過高達的電影嗎？這樣以後出社會，保證會吃苦。」

「齊木先生，我完全聽不懂你在說什麼。」

「所以我平時不是經常叫你們多看電影嗎？」

齊木先生剪了好幾截膠帶，重新貼在貼紙的四周補強。

「那個女明星演的電影和我有什麼關係？」

「三角形，你腦袋不靈光啊，安娜・卡里娜是比喻啊。」

「為什麼要用她來比喻？」
「應該是長得很像吧？」
「和誰？」
「和你的安娜．卡里娜啊。」
「不是啦，齊木先生，」
「你不要傻傻地站在那裡，把錄影帶搬來這裡。」
「你說長得像安娜．卡里娜，到底是長什麼樣子？」
「你等一下問佐藤啊。」
在和晚班人員交接時，三角直接問了佐藤，還是不得要領。
「我才沒有說長得像安娜．卡里娜。」同學年的打工店員辯解著，「我也根本沒提到安娜．卡里娜這個名字，只是對齊木先生說，有一個女人。」
他的話比三十多歲的齊木先生說的話可信度更高。
三角之前就隱約察覺到這一點，完全不知道齊木先生目前的工作之前做過什麼，總之，他是一個不可捉摸的人。結論——齊木先生是個老於世故的人。這是三角在那一天的真實感受。
「他真的是典型的世故大人。」佐藤也表示同意。
「嗯，所以，你告訴齊木先生的那個女人到底是誰？而且到底是怎麼回事？」

「你聽我說，」佐藤說，「安娜・卡里娜是主演尚盧・高達電影的女明星。你有沒有看過高達的電影？」

「沒有。」

「我也沒看過，聽說他的電影超無聊，但齊木先生不是很愛吹噓那種電影嗎？比方說高達啦，還有法蘭索瓦・楚浮，每次都說得口沫橫飛。他的電影相關知識停留在法國新浪潮時代。在他心目中，史蒂芬・史匹柏應該和東映兒童電影節差不多。說到電影導演，就非高達莫屬，短頭髮的女生就都是珍・茜寶。之前，白石的女朋友來這裡玩，她是短頭髮，那時候齊木先生剛好也在。隔天之後，只要看到白石，就會問他，珍・茜寶還好嗎？珍・茜寶到底是誰？我和白石一起在法國電影的架子上找了半天，發現就是和尚・保羅・貝爾蒙多一起演電影的女人，但白石的女朋友根本一點都不像珍・茜寶。當然不可能像啊，人家是美國的女明星，他女朋友是埼玉縣人，但在齊木先生眼中，只要是短頭髮的女生，就統統都是珍・茜寶。我在想，短髮以外的女生應該就都是安娜・卡里娜。雖然很亂來，雖然很亂七八糟，但不是有這種莫名其妙的比喻嗎？上了年紀的大叔都喜歡這種牛頭不對馬嘴的比喻，三角形，你應該也懂這種低級品味吧？你聽得懂我在說什麼嗎？」

「我聽得懂啊，那個女人到底是誰呢？」

「啊？」

「就是齊木先生比喻為安娜·卡里娜的女人啊。」

「喔，你是在說這件事啊。你想像不出是誰嗎？詳細情況你可以去問白石，是他遇到的，我只是聽他說的而已。那個人好像對大學生穿的服裝很有興趣，可能是文化人類學那方面的人吧？」

姓白石的早稻田學生那天剛好休假，但他的公寓有電話，打聽到他的電話後，三角立刻打電話問他，還是沒有得到明確的線索。在問了很多問題，努力尋找答案的過程中，只覺得剛才告訴他很多情況的佐藤這個傢伙也不可靠。

「對大學生的服裝有興趣？」白石反問，「什麼意思？」

「聽說好像前天晚上，有一個女人來店裡。」

「有啊，不管是男人還是女人，來了很多。前天晚上不是星期五嗎？週末的晚班每次都超忙，哪像你，只要應付中西學長就好了。對了，中西學長星期五晚上也來了，即使不是當班的時候，他也經常來店裡玩，星期五、星期六來玩，就真的很礙事。」

「那會不會是星期四晚上？」

「星期四晚上嗎？」

「有沒有我認識的人來店裡？」

「你認識的人？而且是女人？」

「我一開始不就這麼說了嗎？」

「星期四晚上的女人？啊？啊啊，該不會是說T恤的事？」

「T恤怎麼了？」

「那天我剛好穿著胸前印了英文的T恤，就是印了dream什麼的那件T恤。結果……嗯？什麼？妳是說這個？這個嗎？對對，沒錯沒錯，就是這個，沒想到妳竟然找到了。」

「白石，你在跟誰說話？你旁邊有人嗎？」

「嗯，珍・茜寶來了，晚上要幫我煮咖哩。」

「她是誰啊？」

「我女朋友啊，很像珍・茜寶。」

「……T恤怎麼了？」

「我現在身上穿的T恤……呃，寫了什麼，你等我一下，是黃粱一夢。上面印著a pipe dream。那個女人指著我的胸前，就是奶頭的位置問我，大學生都去哪裡買這種T恤？」

「那個女人是誰？」

「啊？是誰啊？」

「錄影帶店的會員嗎？」

「不，不是，她不是來租錄影帶的。她問，三角同學今天休假嗎？她先問這個問題，然後才問T恤的事。那個女人走進店裡，然後就問了這個問題。我還問她，三角同學是指三角形嗎？」

「什麼時候？」

「星期四晚上。」

「所以是同一個人，問：『三角同學今天休假嗎？』的人，又問了T恤的事。」

「我不是一開始就這麼說了嗎？」

「你知道她的名字嗎？」

「不，我沒問她的名字。」

「她長什麼樣子？」

「什麼樣子？是一個長頭髮的女人。」

「還有呢？」

「沒有其他特別的特徵。」

「就只是長頭髮的女人？」

「怎麼樣？你有意見嗎？」

時序進入八月。

大學早就放暑假了，但三角沒有回位在八戶的老家，每天都在錄影帶店打工。

傍晚六點，和上晚班的白石他們交接後，經常先在同一棟大樓的一樓蕎麥麵店填飽肚子，然後走去電影院。蕎麥麵和丼飯都吃膩之後，也會在電影院的商店裡買麵包和飲料當晚餐吃。

這天傍晚六點半時，他已經坐在早稻田松竹的電影院內，在大廳角落的長椅上吃著炸火腿三明治填飽肚子，看著目前上映的電影和下週即將上映的電影海報。前一天在東映帕拉斯看了一部法國的黑白電影，電影故事情節沒有起伏，看完之後，也想不起到底看了什麼，讓他覺得高達的電影可能就是這種感覺。所以對今晚的電影充滿期待。

今晚上映的兩部電影中，六點四十五分上映的那一部由一個名叫娜塔麗・德隆（Nathalie Delon）的女明星主演，海報上看起來很漂亮。男主角是魯諾・維魯雷（Renaud Verley）。雖然不知道故事情節，但確定不是黑白電影。

旁邊並排貼了兩張下週即將上映的電影海報，其中一張海報上出現了茱莉・克莉絲蒂（Julie Frances Christie），另一張是費雯麗。兩個女明星中，三角對費雯麗並沒有太大的興趣，但對茱莉．克莉絲蒂並不陌生，在打工的地方看過她的新作品錄影帶，故事情節令人印象深刻。電影片名叫作《上錯天堂投錯胎》，至於故事情節，就是發生車禍死亡的男人借用別人的身分回到人間，展開新人生這種現實生活中不可能發生的故事。那是年長的同事喜歡的喜劇電影。

早班的工作空閒時，中西會從貨架上拿出錄影帶，用店內的螢幕播放。因為早班的工作通常都很閒，所以有時候可以連看兩、三部——除了《上錯天堂投錯胎》以外，還看過《小迷糊闖天關》、《小迷糊當大兵》——有時候幾乎是被強迫看喜劇電影。每次播放到好笑的場景時，中西就會偷瞄三角的反應。當三角在該笑的時候發笑時，中西的心情就會很好。據三角的觀察，中西最崇拜的女明星就是歌蒂．韓，是一個眼大嘴大的金髮女明星。

當透過中西從茱莉．克莉絲蒂聯想到歌蒂．韓的臉時，那天上映的另一部電影已經結束，稀稀落落的觀眾從對開的放映廳大門湧向大廳，安娜．卡里娜也在其中，但三角並沒有發現她，她發現了三角，主動走了過來。

「啊喲。」年長的女人叫了一聲，隔了一會兒，大學生才傻傻地「啊！」了一聲。

「果然沒認錯，你是上次的大學生。」

「妳好。」

因為對方縮短了距離，站在他的正對面，原本已經站起來的三角只好又坐了下來。

她伸出的食指向下一指，然後露出好像在看什麼刺眼的東西般的表情說：「就是上次那件！」她在說三角身上那件T恤。

「嗯，對啊。」

「我以為你再也不會穿了，因為被大嬸弄髒了，不知道該不該丟掉，還是不知道該怎麼處理。如果換成是我，我可能再也不會穿了，事後產生這種想法，覺得對你很不好意思。」

「不，妳不必擔心，我還在繼續穿。」

「是啊。」她很自然地，應該說很輕鬆地在三角身旁坐了下來，「我的心意可能太多餘了。」

三角還沒有機會說話，她就打開好像束口袋形狀的皮包，從裡面拿出一個小袋子，說了聲：「這個給你。」塞到三角手上。

「啊？」

「這是我的心意。」

「啊？這是什麼？」

「你只要打開看看就知道了。」

不用打開就知道，那是一件捲成筒狀的新T恤。

「三角同學，你接下來要連看兩部嗎？」

「是啊，如果趕得上末班車的話。」

「吃三明治配可樂當晚餐。」

「對啊。」

「年輕真好，很自由。」

「呃……」

「什麼？啊，對喔，電影快開始了。」

「關於上次的事。」三角說。

如果下次再遇到她，一定要告訴她。他努力回想著重溫多次的劇本。但是，一字一句都從腦海中消失了，所以把原本放在長椅角落、放在背包旁的可樂瓶放在地上，以免不小心撞倒，然後把還沒吃完的最後一口三明治塞進嘴裡，打開了皮包的拉鍊。

「啊？」這次輪到對方大吃一驚，「給我嗎？」

三角只能點頭。他覺得咀嚼完吐司邊，吞下肚子的時間格外漫長。

「這是什麼？」

「這就是草莓煮。」

「……草莓煮？」

「上次我們聊到的話題，那次還沒說完。草莓煮是加了鮑魚和海膽的湯，字典上說，是因為帶有紅色的海膽看起來像野生的草莓。總之，袋子裡裝的就是草莓煮，妳只要打開看一下就知道了。」

「但是，這個……」

「現在也有這種罐頭裝的草莓煮。」

「是喔……」

「對吧？」

「不是對吧，你特地去為我買這個嗎？」

「對。啊，不對，是我姊姊買的，我請我在老家的姊姊買了寄給我。啊，對不起，我要送妳禮物，卻只送一個好像有點失禮，但因為有些緣故。如果妳不嫌棄，請妳嚐看看。」

三角越說越緊張，覺得喉嚨越來越卡，於是拿起放在地上的可樂瓶喝了起來。她似乎很在意三角剛才說的話中「禮物」和「因為有些緣故」。

「啊，其實也談不上是禮物這麼誇張啦，該怎麼說，只是希望妳瞭解八戶的名產，算是為家鄉感到驕傲吧。」

「那緣故呢？」

「那沒關係啦。」

「不，有關係，請你告訴我。」

「不，所謂緣故，就是我姊姊小氣巴拉地說這很貴，只寄了兩個。因為遲遲沒有機會遇到妳，所以我忍不住吃掉一個。啊，但其實並沒有我姊姊說的那麼貴，請妳不必放在心上。罐頭可以直接吃，也可以用來做成炊飯，或是做茶碗蒸，聽說都很好吃。這是我姊姊說的，而且還嘀嘀咕咕說什麼反正我也不會這樣煮來吃，但最後還是寄給我了。」

聽到這裡，她露出似笑非笑的表情，三角急忙把剩下的可樂喝完了。

「三角同學，謝謝你。」

「……不，不用，我也要謝謝妳，送我這樣的禮物，真是太榮幸了。」

「榮幸？」

「我很高興。」

「聽你這麼說，我也很高興。我在逛街時剛好看到，想到和你上次借我的T恤很像，所以就買下來了。」

「我真的很榮幸，妳還記住了我的名字。所以，呃……」

「對喔，對不起，電影快開始了。」

放映廳出入口的門不知道什麼時候關了起來。

放映的鈴聲可能快響了，但三角並沒有在意這種事。因為他想起了重逢劇本上重要的台詞。

「呃，如果妳不介意，可以請教妳的名字嗎？否則下次遇見時，不知道該怎麼稱呼妳。」

她並沒有猶豫，把草莓煮罐頭放進皮包深處後說：

「也對，走在街上時，如果我看到你在馬路對面，我可以大聲叫你：『三角同學！』但你就傷腦筋了，總不能對著我叫：『喂！喂！』否則所有人都會回頭看你。」

「是啊。」

「我叫琉璃，我的名字叫琉璃，就是『琉璃和玻璃，見光都生輝』的琉璃。你知道漢字怎麼寫嗎？」

「……應該。」

「你是大學生，應該沒問題，我有時候連簡單的漢字也忘了要怎麼寫。上次怎麼也寫不出『命』這個漢字，是『命』這個字欸。平時一下子就寫出來了，但想要寫在紙上時，就寫不出來了。但仔細一想，『命』和命令的命是同一個字，這件事也讓我很驚訝，『命』這個字真的這麼寫嗎？你有沒有這種感覺過？」

「不，那倒沒有。」

「我好像喋喋不休說了很奇怪的事，對不起。你趕快進去吧，不然會錯過電影。你別管我，先進去吧，我有點口渴了。」

「呃，琉璃小姐。」三角叫住了她。名叫琉璃的女人露出心不在焉的表情，用從皮包裡拿出的手帕當成扇子，對著發燙的臉頰搧風。原本他打算在「呃，琉璃小姐」之後，為重逢的劇本畫下完美的句點，也就是為下一次見面佈局，但這次機靈地跑去商店，買了一瓶可樂回來，然後默默遞給她。她用很自然的動作接過淡綠色的瓶子，辯解地說：「我太渴了。」然後把臉稍微轉了一下，喝了起來。

接著，她主動提及三角原本想要說的話題。

「你很喜歡電影吧？」

「對啊。」

「我並不是很喜歡，只是有時候會來這裡打發時間，但既然你經常來這裡，我相信還會再遇到。不是走在街上，我相信改天會在這裡遇到。」

「對，一定會遇到。」三角也是因為相信這一點，所以經常來這裡。

「要不要下次乾脆一起看電影？」

她主動提出邀約，她又拿起可樂瓶喝了可樂解渴，看著站在身旁的大男生，露出了那個好像吐舌頭、令三角印象深刻的笑容。

「其實我們已經一起看了。今天我們在這裡看同一部的電影，等於有一半已經一起看電影了。下次約好時間，一起看電影。」

「下次是什麼時候？」

她毫不猶豫地說：

「下週三呢？你要打工嗎？」

「對。」

「那差不多這個時間，就在這裡。怎麼樣？」

大男生好不容易才點了點頭。

原本坐在長椅上的女人站了起來，把喝了幾口的可樂交還給他，叫他趕快進去看電影。

「你趕快去吧，我也差不多該回家了。」

他接過只喝了三分之一的可樂瓶，目送著女人走出電影院。

然而，他清楚記得，她在離開他身旁時，笑著說：

「這件事也讓我很高興。因為浪費太可惜了，所以你喝吧。我不喜歡喝碳酸飲料。」

那天晚上，三角心不在焉地連續看完兩部電影，搭末班車回到公寓，一屁股坐在鋪著榻榻米的三坪大房間，抽了一支菸，靜靜地回想所發生的一切。雖然讓一個不喜歡喝碳酸飲料的人喝可樂的失敗，成為數小時前的記憶留在腦海中，卻怎麼也想不起她穿了什麼衣服。

他在榻榻米上攤開了女人送他的灰色T恤，看著上面印著的藍色英文字，可以回想起「我很高興」、「聽你這麼說，我也很高興」的對話，但她在說「我也很高興」時的表情卻朦朧不清。

三角想到她從皮包拿出那件T恤，自己也從背包裡拿出草莓煮的罐頭交給她，也就是說，雙方都隨時把禮物帶在身上。然而又進一步確信，這意味著她也打算有機會再見面，也和自己一樣期待重逢，這件T恤就是不可動搖的證明。但也可能只是自己一廂情願，並沒有到這種程度。因為自己特地麻煩姊姊寄罐頭來這裡，對方只是「在逛街時剛好看到」，也許是今天「剛好看到」。

將近一小時後，他把攤在榻榻米上的T恤留在原地，站在小浴缸內沖澡時，想到了馬上該做的事。要把《廣辭苑》拿出來查一下。

從老家帶來的《廣辭苑》第二版是姊姊不用之後給他的，目前放在書架最底層。

他用手指找到了「琉璃」的詞條。

七寶之一。青色的寶石。

琉璃和玻璃，見光都生輝。

雖然這裡的玻璃，指的是水晶玻璃，這句格言的意思——金子即使被埋沒在垃圾中，只要有光，就會綻放出光芒。

絕對不能忘記這句話。大男生用浴巾裹著剛洗完澡的身體，在內心發誓。

星期三。

他穿上新T恤去打工。

從十一點踏進店裡到六點下班為止，他始終心神不寧。連他也知道自己坐立難安，一旁的中西當然不可能沒發現。

但是，中西並沒有抱怨什麼，因為錄影帶出租店在非假日白天並沒有太忙，學長也沒必要斥責沒有專心工作的學弟，他只是問了一句：「三角形，你現在在想什麼？」這句話的意思並不是在問他目前是否有什麼擔心的事，而是針對三角不經意地巧妙搭配牛仔褲穿的T恤品味。

中西站在學弟面前，大聲朗讀著印在他T恤胸前的英文。

Ask not what your country can do for you……他讀到一半，就忍不住嘆著氣。

「這次又換甘迺迪了嗎？」

「啊？」

「你到底去哪裡買這些演說系列的T恤？你們學校在流行嗎？」

「啊？」

三角並沒有在聽中西說話，中西也知道三角對自己的話左耳進，右耳出。

「啊什麼啊！我說要去買午餐，山田烏龍麵店的炸豬排便當，你也要嗎？」

「喔，沒關係，你先去啊。」

「那我去那裡吃完再回來。」

中西去附近的烏龍麵店之後，三角也獨自在腦海中寫著晚上的劇本。

首先要聊漢字的話題。

讀同一所大學、同學年的佐藤去大學事務局申請什麼證明時，承辦人員問他申請理由，他回答說，因為父親公司需要該證明，承辦人員請他在理由欄內填寫「稅金」這兩個字。他很乾脆地回答說：「好。」但拿起原子筆，卻想不起「稅」這個字怎麼寫。他記得部首是「禾」，但試著寫下來時，右側寫成了「火」，變成了「秋」這個字。咦？他在感到納悶的同時，就走進了迷宮，腦筋一片混亂，一個大學生當然沒有勇氣對承辦人員說：「對不起，我忘了稅金的稅怎麼寫。」他渾身冒著冷汗，最後只能說：「我改天再來。」然後就轉身離開了。忘了怎麼寫「命」字的她聽了，一定會笑著說：「我能理解佐藤同學的心情。」然後就可以繼續聊下去。

據佐藤說，和他一起上晚班的早稻田學生白石還滿不在乎地說：「我上次怎麼也想不起書桌的英文單字怎麼拼，超沒面子。」每個人都會發生一時想不起簡單的漢字怎麼寫，或是忘了英文單字的拼法，只要讓談話往這個方向發展，她一定會點頭說：

「也對。」也許還會說出其他因為一時想不起來而出糗的往事。或者她會問：「那你會這樣嗎？」即使她這麼問，自己也沒什麼健忘的出糗經驗，也許不如一開始就把佐藤漢字的事，和白石英文單字的事當成是自己發生的事，也就是謊稱是自己的經驗。比起嘲笑別人的失態，笑談自己的愚蠢更容易增加親近感，這就是吃小虧佔大便宜，似乎也可以有這種選擇。

如果不是這樣，她會忘記「命」這個字，並不是想要聊健忘這件事，而是想要表達原本以為理所當然的事不再理所當然，「命」這個字看起來不像「命」，正確的現實似乎格格不入。如果是這樣，如果她也同意「這才是我要表達的意思」，雖然不知道是不是完全符合她想要表達的意思，但自己在翻字典時，必定會感受到和現實之間的落差，每次都覺得は（ha）行和ま（ma）行的順序顛倒了。雖然應該先有は行，才有ま行，但自己總是感覺這樣不對。也許可以聊這件事，然後順便向她坦承自己在《廣辭苑》中查了「琉璃」這個單字的意思，也查了那句格言的意思，也許就能夠很自然地稱讚：「真是個好名字。」

在描繪這些劇本時，那個女人身穿洋裝，踩著拖鞋，一身輕裝地走在河畔的身影不時浮現在他的腦海。以位在地下室的錄影帶出租店那棟大樓為基點，神田川就在正後方的方位。她就住在那條河的對岸。雖然並沒有任何根據，只是三角猜想她住在那裡。姑且不論有沒有猜中，以舞台背景來說，河水潺潺感覺更有氣氛。

以前即使在路上看到她，也只能咬著手指看她而已，但現在已經知道了她的名字，就可以大聲叫她：「琉璃小姐！」可以過橋跑到她面前，和她說話。「啊喲，原來是三角同學啊。」她一定會笑臉相迎。「你穿了這件T恤啊。」「對啊，我很喜歡，所以就馬上穿了。對了，琉璃小姐，妳在查字典的時候，會不會對は行和ま行的順序感到困惑？比方說，在查『琉璃和玻璃，見光都生輝』這句格言中的『玻璃』這兩個字時，會不會翻過ま行，一直翻到ま（ma）行，然後誤以為缺了は行嗎？我會有這種感覺。在我的感覺中，應該先有ま行，然後才會翻到は行，但實際情況相反，先是は行，才是ま行，我每次都無法接受這件事，總覺得自己的認知和現實有落差。妳也會有類似的經驗嗎？」

「嗯，有啊，當然有。」她應該會這麼說。「上次提到的『命』字，就是最好的例子啊。」還是她會搖搖頭，說完全不同的話？「我聽不太懂你想要表達的意思。我們不是要去看電影嗎？如果不趕快去電影院，我們在聊《廣辭苑》的時候，茱莉．克莉絲蒂的電影就開演了。」

沒錯，琉璃小姐說的對，今天約好要一起去看電影。在傍晚之前，都一直站在櫃檯前的三角不止一次這麼告訴自己。在河畔的路上，在橋上見面之後，不是要一起去喝咖啡，而是要一起坐在電影院內默默看電影，哪有時間聊什麼は行和ま行的順序？從一大早就開始構思了半天的劇本，全都白費心機了嗎？

並沒有白費。

琉璃真的身穿洋裝出現在約定地點，圍繞三角身上所穿的新T恤的對話，也幾乎符合三角的劇本。六點四十五分左右，在電影院大廳一見面後，就聊到了這個話題。看完電影之後，也有足夠的時間聊は行和ま行的事。

那一天，早稻田松竹並沒有像往常一樣連放兩部電影，而是上映超過三個小時的大作《齊瓦哥醫生》，茱莉．克莉絲蒂扮演女主角拉娜，他們還看了下週即將上演、由費雯麗主演的《安娜．卡列尼娜》的預告，但這些都沒有在三角的記憶中留下任何印象，他所有的意識都集中在左側的琉璃、淡淡的香水味、她的動作和呼吸聲，因為太緊張。電影結束時，他的左側腹肌肉都有點疼痛。即使看的是《齊瓦哥醫生》的預告和《安娜．卡列尼娜》的電影，結果應該也一樣。

走出電影院，他們從早稻田大道右轉，走向明治大道的方向。雖然夜已深，但空氣有點暖和，剛好放鬆了三角緊張的心情和緊繃的肌肉。根據三角的記憶，他們不停地聊著草莓煮罐頭，之後又聊了他總覺得は行和ま行順序顛倒的事，還聊了蘇格拉底和柏拉圖，聊了英語a的發音，也聊了與謝野晶子的短歌。

在三角的記憶中，他想要送她回家，所以從明治大道走向新目白大道的方向，但回過神時，發現走在通往不同方向的路上。他記得曾經走過新目白大道上的丹尼斯餐廳，所以可能聊天太投入，忘了在該過斑馬線的時候過馬路。也可能是相反的情況，看到綠色在閃，在不該過馬路的地方過了馬路。也可能在過了馬路之後，兩個人都迷失了目的地。

但是，三角發現，當然不可能有這種天賜的粗心大意。他們正漸漸遠離她住家的方向。雖然那只是她在三角想像中住的地方，但八成不會錯。兩個人越走，離琉璃的住家越遠。

如果最初的目的地就是她家，走出電影院之後，應該沿著早稻田大道走向相反的方向，從他打工的錄影帶出租店那一側的號誌燈過馬路後，穿小路走向神田川的方向才是捷徑，但他們實際走的路線遠離了目的地，不僅從明治大道繞了一個大圈子到新目白大道，而且還遠離了三角認為她住的地方附近。是不是走錯方向了？自己是不是該問她確認一下？三角多次為這個問題猶豫。

然而，一旦這麼說出口，今天這一天就結束了。

盛夏的夜晚發生的一切，就會像變完魔術般走向終點。一旦三角問了這句話，琉璃就會收起親切的笑容，露出年長女人通情達理的表情說：「是啊，這個方向不對。」承認走錯了路，然後往回走。於是，兩個人就會當場揮手道別。雖然劇本也無法避免道別的場景，但可以動點手腳，將道別的時間延後。三角決定假裝沒有察覺走錯了路。假裝沒有察覺走錯了路，不停地和她說話，在聽到她的回答之後，仍然配合她的步伐繼續走，然後附和她的話題，邊走邊細聽她說話，漸漸不再在意走在哪個方向。

聊到蘇格拉底和柏拉圖當然不是談論哲學。雖然柏拉圖是蘇格拉底的學生，但他總覺得柏拉圖的名字聽起來更有老師的感覺，就像一直覺得は行和ま行的順序相反一樣，認知和現實有落差這個主題所衍生出來的話題。琉璃就接著問，是不是還有一個叫亞里士多德的人？按照順序的話，亞里士多德該出現在哪個位置？是柏拉圖的學生？還是蘇格拉底的老師？然後又繼續延伸這個話題，她問三角，這是你感覺上的順序嗎？還是正確的歷史知識？總之，都是一些無關緊要的話題。

關於英語a的發音，也是在聊相同的主題時，她提出的話題。雖然至今仍然記得剛進中學時學的「This is a pencil.」這句英文，但上次突然想到，a和ア（a）的羅馬字發音相同，都是發『啊』的音，為什麼明明是英文，卻發羅馬字的讀音？為什麼讀中學的時候從來不覺得奇怪？思考這個問題時，和覺得「命」這個字看起來好像有點怪怪的感覺一樣，對自己的現實感覺缺乏信心，對a是不是真的發和片假名ア（a）相同的音越來越沒有自信。「三角同學，這個真的發『啊』的音，對不對？」「沒錯，就是發『啊』的音，很少會發字母『a』的音。賽門與葛芬柯不是也唱『I Am A Rock』嗎？」「對啊，我也聽過那首歌。」「啊，妳也知道？妳喜歡賽門與葛芬柯嗎？」「不，談不上喜歡。」「那妳喜歡怎樣的音樂？」然後就越聊越偏離主題。

三角記憶中的時間順序發生錯亂，不知道是在聊這個話題的前後，還在聊這個話題的時候，他們向停在路旁的廂型車買了熱狗，站在路旁吃了起來，還喝了自動販賣機買的罐裝啤酒。咬了一口熱狗之後，突然感到肚子極餓。看到三角為了避免番茄醬滴落而大口咬著熱狗，琉璃先說了「這件事我從來沒有告訴過任何人」這句撩撥大男生自尊心的話，又跳到了新的話題上。

三角以為她要說什麼坎坷的身世，琉璃一邊咀嚼著，一邊告訴他：「我小時候有一段時間很怕穿鞋子，無法擺脫自己的腳被鞋子吃掉的恐懼。」

「鞋子嗎？鞋子會吃掉妳的腳嗎？」

「對啊，鞋子不是放在玄關嗎？不是一直等人穿嗎？但其實就像食蟲植物一樣，張著血盆大口，等待人的腳伸進去，只是目標不是昆蟲，而是人的腳。等我的一隻腳伸進去，就會大咬一口。」

「會痛嗎？」

「會痛啊，因為大咬了一口啊。」

「鞋子有牙齒嗎？」

「你脫下鞋子時，最好仔細看清楚。你把那隻球鞋脫下來看看……是不是，像不像張開血盆大口想要吃腳的樣子？你的鞋子多大？」

「二十七號。」

「你的腳吃起來應該很過癮。」

「妳呢？二十三號？」

「二十二點五。張開大口的球鞋看起來像什麼？」

「嗯，好像在打呵欠，也好像在唱歌。如果把好幾雙鞋子放在一起，就是合唱團？」

「你的想像真健康。」

「……有嗎？」

「你要往哪裡走？這裡嗎？」

琉璃用吃了一半的熱狗指著兩個人漫無目的走向的方向。

接著，他們又各自喝了第二罐啤酒繼續走了起來。

如果要畫一張粗略的地圖，他們散步的方向雖然往三角所住的沼袋，但偏離了他平時搭乘的電車路線，而且完全不知道目前走在哪裡。中途經過了被樹木包圍的公園，兩個人都去公用廁所上了廁所。三角先走出廁所，坐在長椅上抽菸等她，琉璃說她也想抽，就為她點了一支菸，一起坐在長椅上抽菸。不遠處的長椅上也有看起來像是情侶的人影，兩個人依偎在一起。雖然離了一小段距離，但可以清楚聽到女人的呵呵笑聲。「你有點醉了嗎？」琉璃問，然後轉過頭，探頭看著三角的臉。三角以為她的嘴唇會湊上來，心臟停了一下，可惜期待中的事情並沒有發生。

下一個場景中，話題繞了一圈之後，又回到了字典的內容，又討論起琉璃的名字。真是個好名字。三角搞不清楚自己是不是說過這句話，還是忘了說，但因為這句台詞很重要，所以就說出了口。她反過來問：「你叫什麼名字？」三角乖乖回答說：「哲彥，發音是aki-hiko。」然後又聲明了一句：「這件事只有我們家裡的人知道。」告訴琉璃，其實二十年前他出生的時候，原本父母討論後，為他取了單名「哲」這個字，發「akira」的音。

母親告訴他，當年父親去公所報出生時，突然覺得單名「哲」一個字很不穩當，和姓氏之間不太協調，只是基於這種自我本位的感覺，就擅自加上了「彥」這個字。他的父母還因為父親臨時為兒子改名字這件事交戰了很長一段時間，父親當然叫兒子「哲彥」，母親也固執地堅持叫兒子「小哲」。三角在上小學之前都一直很混亂，直到現在，母親不知道是不小心，還是故意讓獨斷專行的父親難堪，偶爾仍然會叫兒子「小哲」。

琉璃覺得三角家的秘密很有趣。那天晚上，在那個場景的下一瞬間，她開始叫三角「哲彥」。之後，她有時候也會假裝是他的母親，叫他「小哲」。

「哲彥，我的名字琉璃意思是寶石，是藍色的寶石。」

「我知道。」

「那你知道這個嗎？」

她突然停下腳步，站在路燈下。

她在皮包中翻找，拿出封面上夾了原子筆的記事本說：「這是我的漢字練習簿。」然後打開了練習簿。

右側那一頁上寫了滿滿的「命」字。「不是那裡，而是這個。」她指著的左側那一頁上寫了這樣一行字。

半身為人半身馬，紅珊瑚雨碧琉璃。

「你知道是什麼意思嗎？」

「……我不知道。」三角為甚至無法正確地朗讀出來感到懊惱。

「是嗎？那就當功課。」

她學男人的聲音，在一臉嚴肅地研究疑難問題的大學生耳邊小聲說道。三角回頭看著她，她吐了吐舌頭。

「高中時的老師。」

「現代國文課嗎？」

「不是，是數學的補習班，那個老師特別親切，他告訴我說，我的名字出現在與謝野晶子的歌集中。他很煩，所以我沒理他，結果他又帶了書來借給我，裡面夾著書籤，上面就是這首歌。」

「那個老師人很好啊。」

「如果是好老師，就不會叫我星期六晚上去還書給他了。」

「啊？」三角一臉錯愕的表情反問，然後陷入短暫的沉默。

「那個老師一個人住在公寓，雖然我猶豫了一下，但我沒去，所以就把這首歌抄了下來，然後在學校把書還給他。他問我知不知道這首歌的意思，我搖了搖頭，結果那個老師說，那就當功課。」

「然後呢？」

「沒有然後，因為我沒去。如果去了，或許會發生什麼，但那個功課也就一直是功課而已。」

「所以，妳也不知道這首歌的意思嗎？」

「對啊。」

沉默再度籠罩了默默相對的兩人，經過車道的車聲傳入耳朵。三角看到一輛計程車空車駛向和他們散步相反的方向。

「所以我才會問你啊。」

「妳不知道意思，卻一直記著高中時，寫在筆記本上的歌嗎？」

「對啊。」

「一直記著與謝野晶子的短歌嗎？」

「嗯，現在仍然可以這樣寫出來。」

「妳喜歡那個老師嗎？」

「完全沒有。很奇怪，即使不瞭解意思，也可以記住短歌。雖然我知道『命』這個字的意思，卻偶爾會忘記怎麼寫。」

結果又轉回這個話題，進入了第二輪，也許是第三輪。琉璃一定會說。更何況有大學生寫不出稅金的稅字。他叫佐藤？不，好像忘了說這件事？還是說了？到底有沒有說？離開電影院已經過了將近三個小時，已經又過了一天。琉璃問：

「三角同學，你住在學生宿舍嗎？」

「……不，我住在公寓。」

「那我們搭計程車，我送你回家。」

三角把自己正準備說出口的台詞吞了下去。

（時間這麼晚了，我送妳回家。）

計程車好像早就為他們準備好似地停在路旁，琉璃先過了馬路，想要坐上車。

接下來的幾個小時，簡直就像是用完了一輩子的幸運，餘味十足地留在三角的記憶中。只不過所發生的那些事的順序和具體性有點模糊不清。

他們搭上計程車時，司機說：「太幸運了。」他可能有事要去沼袋，原本以為只能一路空車開過去，剛好在開往沼袋時載到了客人。計程車停在公寓所在的小巷入口之前，司機沿途都很親切，也不停地說話。結果轉眼之間就到了。即使把三角之後漫長的人生計算在內，當時的司機也是最棒的司機。

琉璃一起下了車，和他走進小巷，然後說了一句應該是男人說的話——「我要看你走進屋。」是幻聽嗎？即使她真的這麼說，應該也只是開玩笑，但因為這句話一直留在耳邊，所以比起琉璃搭計程車送他回家這件事，被女人帶回自己家裡這件不可能的事令他印象更加深刻。雖然是被動，但他成功把女人帶回家了。

琉璃問他有沒有酒，打開冰箱，發現裡面有兩罐啤酒。喝到一半時，發現琉璃很在意其中一隻腳的腳踝，探頭一看，可能因為走太多路的關係，腳踝被拖鞋的帶子磨得滲出了血。「有OK繃嗎？」當然有。那天晚上需要的東西一應俱全，還有可以一起查與謝野晶子經歷的《廣辭苑》。琉璃一下子去洗腳，一下子去上廁所，在簡易浴室內進進出出，三角每次都擔心她會說：「那我差不多該走了。」但這種擔心顯然是多餘的，因為他聽到琉璃說出了「哲彥，我可以等到早上再離開嗎？」這句連他自己都怕想得太美，不敢寫在劇本上的台詞。

最後，琉璃把自己關進浴室時，窗外的天色漸白。三角關了房間的燈，室內有點昏暗。現在還不算早上，但琉璃說的早上是指到幾點為止呢？

這時，三角終於發現，接下來可能會發生劇本中並沒有預期的事。他知道接下來只要再加把勁，只要發揮一點機靈，就可以發生，自己是否即將把握人生最大的幸運？他感受到熱血不斷湧向心臟。他移向昏暗房間牆邊的單人床，整了整毛巾被，琉璃悄然站在他身後。

「剛才走太多路，走累了。」她的聲音從頭頂上傳來。「哲彥，你是不是很想睡？」三角看不清她臉上的表情，正在猶豫現在是否該站起來，站起來之後該如何回答時，琉璃來到他身旁蹲了下來，抱著他的肩膀，探頭看著他的臉問：「要睡嗎？」然後不等三角的回答，琉璃就把嘴唇迎了上來。

然後，他們一直到早上都沒有睡。

在沼袋車站目送琉璃搭上電車後，三角走路回到公寓，小睡了一下。十點醒來，像往常一樣去上早班。

像死了一樣沉睡醒來之後，前一晚的記憶就變得很不明確，模糊得讓人感到著急，甚至想不起琉璃在早上重新穿上的洋裝圖案，對一切是否真的發生過也變得沒有自信。

唯二確定的是，桌上放著從書架上拿下來的《廣辭苑》和攤開的大學筆記本。當他重新唸著敞開的那一頁上，自己抄下的功課短歌時，覺得那是和琉璃共度一晚的唯一證據。

三角並沒有可以稱為好朋友的對象。

無論在大學、打工的地方，和住在東京的高中同學中，都有幾個來往的朋友，但都是泛泛之交，他想不到可以和任何人分享自己的人生初體驗。

雖然心裡有很想和別人分享的事，但並沒有告訴任何人，就這樣過了一個星期、兩個星期。這段期間都沒有和琉璃見面，琉璃沒有和他聯絡，三角也不知道該如何聯絡她。更何況不知道她住在哪裡，甚至不知道她姓什麼。想要再次見到她，只能在打工結束後去早稻田松竹等待她出現。如果她沒有出現，只能去看費雯麗的《安娜．卡列尼娜》。

在八月月曆上的日子所剩不多之際，三角再也無法獨自承受不安。至於是怎樣的不安，那就是他很擔心達到顛峰的那天夜晚只是一夜情，只是盛夏夜的夢。把劇本翻到下一頁，就進入了秋季，學校開學，自己去學校上課，乖乖交報告。琉璃也許忙於日常生活，不再去電影院，忘了曾經留了短歌的功課給大學生。兩個人再度變成陌生人，在出現片尾字幕的冬季時，即使在街上遇見，在擦身而過時，彼此可能也會假裝不認識。這種沒來由的隱約不安困擾著他。

在不安的同時，他也被惡夢糾纏。三角經常在半夜醒來，琉璃懷孕了，陷入了困境。她的丈夫發現了她和大學生之間的一夜情，把她軟禁起來，她抽抽噎噎地哭泣著。她趁丈夫不備逃了出來，光著腳，只穿了一件襯裙逃進錄影帶出租店。哲彥，我好想見你，救救我！他經常做這種毫無根據的夢。「啊！」地驚叫一聲。他聽到自己的叫聲驚醒過來，在床上坐了起來。黑暗中，花了好幾秒的時間，才搞清楚自己目前身在何處。那個夢雖然沒有根據，卻很真實。

他想要向別人傾訴隨著時間不斷膨脹的不安，和不斷做的惡夢，只要是身邊的人，不管對象是誰都沒有關係。

「原來是這樣啊，原來大姊姊安娜的傳聞確有其事。」中西聽了三角的請教後這麼說。

雖說是請教，但三角只是問了他那首琉璃名字也出現在其中的短歌意思，中西說的「大姊姊安娜的傳聞」，只是齊木先生散播的空洞傳聞。只要是短髮，就是珍・茜寶，除此以外的女生都是安娜・卡里娜。也就是說，三角有一個大姊姊朋友不是短髮。說穿了，就是這個意思，只是外人完全無法理解。

「所以，她就是上次來躲雨的那個女人。」沒想到中西馬上看穿了，「她是人妻啊。」

三角沒有吭氣，但覺得中西甚至說中了他惡夢的情節。

「她是不是人妻？我說錯了嗎？」

三角無法回答：「不是。」他也從一開始就發現琉璃已經結了婚，但仍然對她一見鍾情。如果說，他就是因為這樣才會被殘忍的丈夫出現的惡夢糾纏，事實也的確如此。

「放心吧，我這個人口風很緊。」

「我想請教的是短歌的問題。」

他把從筆記本上撕下的那張紙摺痕攤平後，放在收銀台上，中西瞥了一眼紙上那首與謝野晶子的短歌。這是他第二次看。第一次看的時候花了點時間仔細看，但都沒吭氣。

目前是錄影帶店的營業時間，兩個人都穿著有胸布的圍裙，用別針把名牌別在圍裙上，在收銀台前待命。但是，沒有客人來還錄影帶，也沒有客人走進來租錄影帶，完全不必在意其他人看到或聽到。

「我說三角形，你不覺得這個很陰沉嗎？超陰沉吧？半身為人半身馬？半人半馬是什麼意思？是指半人半馬怪嗎？意思是說，我不是人嗎？那又怎麼樣呢？該做的不是都做了嗎？把這種搞不懂意思的短歌當什麼功課，磨磨蹭蹭，不乾不脆，所以才無法走到下一步啊。要找痛快一點的，既然要玩，就乾脆直搗黃龍，你也想直搗黃龍吧？我教你一招，把原子筆借我。」

中西在筆記那一頁的空白處寫了另一首短歌。

我願向君誓，阿蘇煙已絕，萬葉集已滅，我心仍向君。

「這是吉井勇。」

「他是誰？」

「他是誰不重要，這首短歌一目了然，就是在宣告，我向妳發誓。這就連小學生也看得懂。你就用這一首。」

「發誓什麼？」

「這種問題還要問我嗎？」

「喔……」

「喔個屁啊，三角形，你還真廢啊。下次和那個人妻見面時，就告訴她，這就是功課的答案。阿蘇煙已絕，萬葉集已滅。你說，這首短歌就是你真心的禮物，人妻一定會感動得落淚。」

「無論發生任何事嗎？」

「沒錯，永永遠遠。即使死了一百萬次，然後又轉世，獲得重生。你就這麼告訴她。」

「我這麼說，她就會哭嗎？」

「絕對會哭，然後你就用力抱住她，和她一起哭。」

「不，但是……」

「但是什麼？」

「現在還不知道以後能不能再見到她，前途很不明朗。」

「啊？你在說什麼屁話，怎麼可能不明朗？你當然會再見到她。人妻只要嚐過一次年輕弟弟的滋味，就會食髓知味。你那些電影都看到哪裡去了？上次早稻田松竹不是在演《安娜．卡列尼娜》嗎？你沒去看嗎？」

「去看了啊。」

「那你應該懂啊，你的安娜說起來也一樣，就是《安娜．卡列尼娜》的安娜，為愛癡狂的人妻。更何況當初是她對你有意思，所以才找上門的，不是嗎？就是那次躲雨之後。對不對？是人妻主動出擊。你看好了，她一定會趁她老公不備再來找你。你就準備好吉井勇的短歌，等待好時機。」

「……她會來嗎？」

「會來，人妻絕對會來，為愛癡狂的人妻絕對會來。」

「人妻人妻，你可以不要一直掛在嘴上嗎？」

「你放心吧，雖然我嗓門大，但口風很緊。話說回來，她應該是人妻吧？一眼就看出來了……對不對？對了，三角形，」

「是。」

「那個，果然很那個嗎？會用很多花招嗎？」

「用什麼花招？」

「就是晚上啊，是不是會玩很多花樣。手指的動作，是不是令人嘆為觀止，反正就是人妻才會的那些。」

「……」

「我就知道，這些話很難以啟齒吧。」

中西的預言中了。

那是九月中旬的某一天。三角上午就在神田川附近漫無目的地閒逛。

其實不光是這一天，從八月底開始到九月，他每天打工下班後，也不會馬上去高田馬場車站，而是特地繞去神田川那一帶之後才回家。

光是繞遠路還不夠，他甚至在橋上走來走去，希望可以巧遇安娜。雖然他每天都去繞一、兩個小時，持續用這種踏實，或者說很笨拙的方法，卻毫無斬獲。後來轉念一想，覺得晚上在那附近逛再久都可能是白費工夫，打算找一天上午，花點時間在神田川兩岸探索。

也就是說，在那個時間點，三角完全不相信中西說的「只要靜靜等待，對方就會主動找上門」這句話，事實也證明，他自己認為一味等待，不會等到任何結果的判斷完全正確。因為他毫無目的的亂逛的笨拙努力終於有了回報，終於在偶然的機會找到了她，所以中西的預言說中的並不是這個時候。

三角想要找的安娜坐在朝陽下的公園長椅上吃飯糰，身旁有兩隻貓。事後才得知，那兩隻貓都是那一天主動靠近她的流浪貓。據她所說，每當天氣好的時候，她就會去附近野餐，這是她多年的習慣，所以那天帶了便當和水壺去公園。

那時候還不到十點。

有一個大嬸正在吃飯糰，而且把飯糰分給貓吃。

那是秋日的和煦景象。三角向長椅的方向瞥了一眼，停下了原本打算穿越公園的腳步。

手拿飯糰的大嬸正在對跳上長椅的貓說話，她不經意地抬頭時，發現一個年輕人在不遠處凝視自己。她眨了眨眼，然後才終於將焦點聚集在那個年輕人身上，她大吃一驚，露出了難以形容的尷尬表情。

原本以為是大嬸的那個女人穿了一件領子鬆垮的褪色Polo衫和牛仔褲，腳上踩了一雙球鞋，而且頭髮都挽在腦後，和三角印象中的琉璃判若兩人，所以他一時說不出話。

那時候，三角之所以能夠長時間默默站在那裡，其中一個原因就是吹著風。舒暢的風不是一吹而過，帶著朝陽溫暖的風好像在三角周圍打轉，鑽進他的衣服內側，撫摸著他的肌膚。三角覺得他可以感受著那些風，站在那裡和琉璃對望好幾個小時。

「哲彥？」

琉璃先叫了他的名字，然後吐著舌頭，露出靦腆的笑容。看到她的笑容，三角終於下定決心離開風的通道，放棄舒暢的風。

三角走到琉璃身旁，一隻貓從長椅上跳了下來，把空位讓給了三角。另一隻貓原本蹲在地上，抬頭看著琉璃的手，此刻也退到一旁。琉璃開口問：「這個時間，你怎麼會在這裡？今天打工休假嗎？不去學校上課嗎？」三角覺得她問的每一個問題都不合時宜，所以默默在她身旁坐了下來。那裡並不是風的通道。

琉璃把還沒吃完的飯糰放回便當盒後，再度開了口。

「今天的天氣真好，秋高氣爽，天空真的很藍。」

這句話也無關緊要。

「好久沒見面了。差不多一個月左右？還是更久？」

「更久。」

「時間過得真快啊，真是轉眼之間。轉眼之間就秋天了。」

琉璃拿起水壺，轉動著蓋子。

「稍不留神，轉眼之間，我就會從大嬸變成奶奶了。」

「琉璃小姐，」

雖然叫了她的名字，但三角猶豫了很久，不知道接下來該說什麼。

「……妳在這裡幹什麼？」

琉璃把熱騰騰的綠茶倒在水壺內蓋，回頭看著三角。

「我嗎？我來這裡野餐啊，倒是你，在這裡幹什麼？」

「我嗎？」

「嗯，如果不嫌棄的話，要不要喝茶？」

「我在找妳啊，這一個多月來，我一直在等妳的聯絡。」

這句率直的話似乎打動了琉璃，她遞到三角面前的水壺內蓋微微顫抖，懸在半空中。三角小心翼翼地接了過來，以免裡面的茶灑出來，垂下眼睛，喝了一口其實並不想喝的綠茶。

「那天之後，你一直在等我的聯絡嗎？」

「對，因為我沒辦法……」

「是啊，」琉璃接著說了下去，她的聲調降低了一度，可以聽出她很乾脆地承認是她的錯。

「因為你沒辦法聯絡我，只能等我聯絡你。」

「就是啊。」

「我也想過這件事，但我也不方便聯絡你。」

「為什麼？」

「所以，」琉璃沒有直接回答他的問題，「你想要再見到我？你向來有話直說，所以應該可以相信你。」

「什麼意思？」

「那我也就實話實說了，我對那種事沒有自信，所以，如果你視為一夜情，這也是無可奈何的事，我也只能放下。」

「放下？那種事？到底什麼意思？」

「什麼意思……」

琉璃沒有回頭，放下水壺後，探頭向長椅下方張望。剛才還在那裡的兩隻貓已經不見了。

「雖然我覺得在這樣的藍天下，不適合討論這種問題，但男人對那種事的評分不是很嚴格，很容易膩嗎？只要有了一次那種事，就會像改完考卷的老師一樣皺起眉頭。」

「啊？」三角皺起了眉頭，他還搞不太清楚琉璃到底在意什麼事。

他們在聊天時，有幾組人影穿越了公園。他們每次都中斷談話，等到公園內沒有人時，才又繼續聊天。

「琉璃小姐？妳在說什麼？妳說的那件事……」

「哲彥，你應該知道我在說什麼啊。」

「妳是說那天快天亮時的事？」

「不要讓我說嘛。」

「不，但是，妳為什麼會那麼想？」

「應該、是因為我很遜。」

「啊？」三角忍不住發出驚訝的聲音。

「應該不算很厲害吧？難道你不覺得嗎？應該這麼覺得吧？」

「我不這麼覺得。」

「沒關係，你可以老實說。」

「所以我說了啊，我不這麼覺得。我那時候有皺眉頭嗎？就像改完考卷的老師一樣嗎？」

「我那時候沒有仔細打量你的臉，事後總覺得好像是這樣。」

「總覺得？琉璃小姐，妳真的這麼想當時的事嗎？」

「對，而且，」琉璃一臉嚴肅的表情繼續說了下去，「而且，你也知道，因為我有我的處境，所以總覺得好像不能主動積極。即使我想聯絡你，不是也不允許嗎？」

三角偏著頭，聽著她說話。

「不是要在意別人的眼光嗎？通常不都這樣嗎？如果被人指指點點，而且你又不接受我，我就會無地自容。雖然要聯絡很簡單，但對我這種有家庭的人來說，事情沒有說得那麼簡單。」

「家庭……？妳是指結婚嗎？」

「對啊，說家庭的話，當然是指這件事。」

雖然在意想不到的情況下證實了琉璃已婚這件事，但因為最初的話題完全超出了他的預料，所以反而緩和了三角的困惑。而且說出真相的人似乎也沒料到自己會這樣說出來，於是琉璃把握這個機會再度強調。

「哲彥，我是有夫之婦，我有丈夫，你應該一開始就知道吧？」

三角又喝了一口綠茶，讓心情平靜下來，思考著該如何回答琉璃的真心話。雖然隱約覺得好像被琉璃的真心話，或者說被她的率直擺佈，但事態發展的方向性很接近三角的期待。率直和率直的交鋒，遠遠勝過一個人坐立難安地煩惱。

「所以，你應該能夠理解我的痛苦吧？你剛才說，一直在等我的聯絡，老實說，我聽了之後，高興得有點感動。雖然我很想回應你的心意，但是，繼續這樣……」

「我想見妳，不管多少次。」
「但是，以後越見面會越痛苦，我們兩個人都是。」
「即使這樣，我仍然想見妳，不管多少次。」
「哲彥……」
「我根本無心上課，每天都一直想著妳的事，腦袋昏沉沉，搭電車的時候也會坐過站。現在這樣反而更不幸。」
三角聽到喉嚨哽住的聲音。琉璃吞著口水，把到了嘴巴的話也一起吞了下去。
兩個推著嬰兒車的母親走過他們面前。
那兩個母親走得很慢，讓人等著心焦。當她們終於走過去，三角把剩下的綠茶交還給琉璃。
「不能見面嗎？至少再見一次。如果妳在意別人的眼光，那就去我的住處，只有我們兩個人。可不可以在妳有空的時候，我們再好好見一次？」
琉璃把內蓋底所剩的綠茶一飲而盡，甩乾水滴後，才終於開了口。
「你是認真的，對嗎？」
「對。」
「所以你打算再對我評分一次。」
「啊？」

「就是重考。」

琉璃突然抿嘴笑了起來，蓋上水壺的蓋子，開始收拾便當盒。一對看起來像是上班族和粉領族的男女隔了一張長椅坐了下來，一起開始抽菸。

琉璃小聲地說：

「哲彥，你趕快走吧，打工的時間不是到了嗎？」

「但是……」

琉璃搖了搖頭，不讓他繼續說下去。三角露出懇求的眼神看著她的側臉。

「你現在就乖乖聽話。」

「我乖乖聽話會怎麼樣？」

「拜託了。」

「妳是不是打算再也不和我見面了？」

「不是，我已經知道了。」

「知道？」

琉璃在腿上把包住便當盒的手帕角落用力綁緊。

「我會充分考慮你今天說的話。」

隔週，琉璃來到沼袋。

如果在搭電車時，因為想一個人而坐過站，內心有這麼強烈的愛，那個人很幸福。能夠被這個人愛上的我也很幸福。因為我也很喜歡你。即使今後我們越見面越不幸，但我們見面的時間，未必是所有活著的人能夠體會的，那是不可多得的、人生中寶貴的時間。簡單地說，這就是琉璃帶來沼袋的回答。而且，她冷不防帶來這樣的回答，讓三角感到錯愕。確認三角聽到這番話時的反應，也是琉璃在充分思考之後得出的結論。

冷不防聽到這樣回答的三角當然沒有異議。

於是，他們之間那種離經叛道的男女關係越來越深入。

九月之後，十月、十一月，琉璃都會以一定的間隔造訪沼袋。三角毫不貪心，只是堅守默默等待下一次的被動立場。

然而，二十歲的大學生並沒有像對方的人妻那樣認真思考，也沒有認真思考琉璃獨自得出的結論——不可多得的、人生中寶貴的時間——的意思。即使這種表達方式只是為了包裝禁忌遊戲的歪理，並不是琉璃的真心，只要能夠見到她，三角就覺得無所謂。他的腦海中閃過中西的膚淺預言，人妻只要嚐過一次年輕弟弟的滋味，就會食髓知味，如果只是被中西的預言說中，他也無所謂。

直到年底的時候，三角才推測包括那一天，琉璃在灑滿朝陽的公園內說的「我會充分考慮你今天說的話」那句話，以及她說的所有話，也許都是出自真心。她並不是說說而已，而是認認真真地「充分考慮」了人生。

☾

十二月初旬的某一天，琉璃來到沼袋，在三角的單人床上過夜。

因為這成為他們最後一次「人生寶貴的時間」的關係，所以三角對那天晚上的對話印象深刻。

琉璃主動提起了九月之後，彼此刻意迴避的話題。

比方說，她丈夫的事。

還有未來的事。

因為剛好聊到大學畢業後的出路，聊到明年之後，三角就必須面對的求職活動的話題。

琉璃隨口問他有沒有想做的工作，三角遲疑了一下。之所以會遲疑，是因為他想不到具體想做的工作，他靠在枕頭上叼著菸，琉璃用打火機為他點了火。接著又是等待回答的平靜時間，琉璃把玩著手上的藍色ＢＩＣ打火機，用打火石一下子點火，一下子又熄了火，然後又像在預言般地嘀咕：「哲彥，等你大學畢業，踏上社會之後，就會買像樣的打火機。」之後的話題就偏離了未來出路的方向。

「什麼是像樣的打火機？」

「像是登喜路或是都彭之類的。」

「靠薪水怎麼可能買得起那種打火機？」

「但應該不會一直都用ＢＩＣ。」

小燈泡和反射型電暖器讓房間變成了橘色，琉璃走下床，光腳踩在地上，從桌上拿了菸灰缸交給三角。因為她一絲不掛，一隻手水平抬起，微微遮住了乳房。

電暖器的反射面正對著床，放在矮桌前面。「借我一下。」琉璃撿起三角掉在地上的運動衣套在身上，踮著尖走去廚房，關上了隔間的玻璃門。在只聽到電暖器微微震動聲的寂靜之後，簡易浴室傳來了水聲。

之後，琉璃又鑽進被子，肩膀因為寒冷而顫抖著，她繼續說了下去。

「是不是？像是登喜路、都彭，或是卡地亞……」

「妳對高級打火機瞭解得很詳細。」

「嗯。」

妳老公用什麼打火機？三角很想問這個問題，但最後還是忍住了。

「很詳細啊，因為我以前在菸店上班。」

「菸店？」

「嗯，以前啊。」

琉璃露出微笑。

「雖然是賣菸，但還賣高級打火機和菸斗等所有和抽菸有關的東西，所以我真的很瞭解，也大致瞭解打火機的種類和構造。」

「是喔，我第一次聽說。」

「因為你從來沒問這些事。」

「結婚之前嗎？」

琉璃從三角的指尖拿過菸，叼在自己的嘴上。三角注視著她的側臉。

「你想聽嗎？」

「當然。」

「就是在那裡遇到的。」

「遇到誰？」

「他買了兩個都彭的打火機，還有補充的瓦斯、打火機，反正去了那家店好幾次，讓我忍不住覺得，這個人抽菸到底抽多兇？那個人就是我現在的丈夫。」

「是喔。」

「沒想到結婚之後，他不抽菸了。因為追求健康的上司戒了菸，所以他也有樣學樣。現在整天跑高爾夫用品店，每個星期都去買有一個企鵝圖案的Munsingwear牌高爾夫球服飾，衣櫃都已經放不下了。」

「原來是這樣。」

「對啊，他就是這種人。」

琉璃把菸蒂在三角手上的菸灰缸裡捺熄了，談話到此中斷，只聽到電暖器發出的嗡嗡聲。短短數秒，卻感覺像一分鐘。自己是否該說點什麼，還是什麼都不用說，只要摟住她的身體就好？三角也不知道該如何處理手上的菸灰缸。

「公司有一個前輩，」

琉璃突然開了口。

「今年春天自殺了。」

「……是女生嗎？」

「是男人，四十多歲。我是說我丈夫公司的事。雖然找到了他留下的遺書，但遺書的內容短得令人懷疑是否看錯了。因為上面只寫了一句話。」

想死看看。

「什麼意思？」

「是不是很驚訝？」
「看到這種遺書，當然會很驚訝啊。」
「我相信第一個打開遺書的人更驚訝。」
「寫遺書的人，目的就是為了讓人驚訝嗎？」
「不知道，他的家人也都搞不懂。」
「遺書上只寫了『想死看看』這幾個字，簡直就像黑色笑話，真的是當事人寫的嗎？」
「對，自殺的人這麼寫的，好像並不是生什麼重病，也沒有金錢上的困擾，工作順利、家庭圓滿，所以照理說，根本沒理由自殺。雖然沒有人知道他自殺的原因，但大家都認為他的腦筋出了問題。包括我丈夫在內，公司的人都認為，如果不是腦筋異常的人，不會寫下這種遺書。」
「應該是這樣吧。」
「是啊，但是，我隱約覺得……」
「覺得什麼？」
這時，琉璃一把抓過三角手上的菸灰缸，斜著上半身，把左手臂伸向地面，在脫下的衣服堆之間尋找空位。
「我並不是不能理解留下一句『想死看看』的心情。雖然並不算是非常能夠理解，我在認真思考之後，覺得好像能夠理解……」

她吞吞吐吐地回答，然後，再度把身體靠了過來，斜斜地抬頭看著倚靠在枕頭上的三角，看著他被映照成橘色的臉。雙眼露出生動的眼神，就像前一刻想到了什麼錦囊妙計。

「我想，應該是想試一試。」

「試一試？」

「嗯，試一試。因為現在活在世上的人，誰都從來沒有死過。不管是你還是我，任何人都不知道死後的世界，連到底有沒有死後的世界都搞不清楚，活著的人沒有人知道，死了之後會變成什麼樣，所以想要試一試……你之前不是曾經和我聊過一部電影嗎？有人在隧道內發生車禍死亡，去了天堂之後，發現他命不該死，於是就借用原本該死的人的身分回到人間。身體是別人的，但心是自己的。雖然按常理來想，不可能發生這種事，但死亡原本就超越了常理，任何事都沒有絕對。世界上沒有任何人經歷過死亡，也許死亡原本就是會重生，然後轉世變成另一個人。」

「所以就試一試去死嗎？」

「對，我試著這麼想，一直這麼想。但說出來，就變得很膚淺。」

「……妳老公聽了之後說什麼？」

「這種事，我才不會告訴他。我是第一次說出來。」

三角聽了她的回答，不再倚靠在枕頭上，把身體埋進了琉璃身旁，聽著電暖器發出的聲音，她再度在他耳邊開了口。

「我之前不是說過，我在意別人的眼光嗎？」

「……」

「那是說謊，其實我根本不在意別人的眼光，這件事我只告訴你一個人，其實我隨時做好了試死的準備。」

「琉璃……」

「到時候我不會寫什麼遺書，所以別人並不知道原因。每個人都會不知所措，我丈夫也一樣，他向來不知道我在想什麼。」

「妳不要說這種可怕的事。」

三角的語氣認真起來，他的耳朵感受到有什麼濕濕熱熱的東西。片刻之後，三角知道那是琉璃伸出了舌頭。她露出了笑容。

「哲彥，我是在開玩笑。」

「即使開玩笑也別說那種話。」

「我又不是說現在，等到以後你對我厭倦了，對我冷淡之後，我就會試死。如果可以轉世重生，就會變成年輕美女，再來找你。」

「我要生氣囉。」

「嗯，我不說了，到此為止。」

琉璃閉上雙唇。

「然後，當我遇到那個年輕美女，一眼就發現是妳。」

「啊？」

「因為琉璃和玻璃，見光都生輝啊，無論妳躲在哪裡，我都知道那個人是妳，是妳轉世重生。」

「……哲彥，你剛才在腦袋裡已經殺死我一次了。」

「又不是我先說的。」

「但是，我會一次又一次轉世，即使你變成走路也會發抖的老爺爺，我也會變成年輕美女出現在你面前，然後勾引你。」

「是不死之身嗎？」

「不是不死之身，還是會死，但方式和別人不一樣，我死去的方式就像月亮。」

「……？」

「有一個傳說，上帝曾經讓最初誕生在這個世上的那對男女，在兩種不同的死亡方式中做出選擇。一種是像樹木一樣，死了之後留下種子。即使自己死了，仍然可以留下子孫。另一種是像月亮一樣，即使死了，仍然可以一次又一次轉世。這是有關死亡起源的知名傳說，你沒聽過嗎？」

「誰告訴妳的？」

「我記得以前看過的一部電影中有人說，那是書上寫的。人類的祖先選擇了像樹木一樣死亡。但是，如果我有機會選擇，我會選擇像月亮一樣死去。」

「就像月亮有盈虧嗎？」

「沒錯，就像月亮有盈虧，在生和死之間不斷輪迴。因為對你念念不忘，所以會出現在你面前。」

「太可怕了。」

「我才不管你害不害怕，反正就會一次一次出現在你面前勾引你，誰叫你對我冷淡，我要報一箭之仇。」

「……我還沒對妳冷淡啊。」

「還？」

「啊，剛才是口誤。」

「你剛才已經在腦袋裡殺了我一次。」

「請妳原諒我。」

「我不原諒。」

「我只是一時鬼迷心竅。」

「不行，這樣的道歉太隨便了。如果你真心希望我原諒你，那就再說一次那個給我聽。」

差不多從這個時候開始，他們不再聊自殺和轉世的話題，兩個人嬉笑打鬧，成為和平時無異的夜晚。

琉璃說的「再說一次那個給我聽」指的是吉井勇的短歌。

這首以「我願向君誓」雄壯的決心開始的短歌，已經成為琉璃的最愛，她自己也已經記住了，但很喜歡三角背給她聽。最初聽從中西的建議，把這首短歌送給她當作「禮物」時，琉璃雖然沒有感激涕零，但和對與謝野晶子那首提到她名字的短歌態度完全不同，表現出感情豐富的反應，雙眼也比平時濕潤。最主要的是，這首短歌文字的意思很直接，能夠輕鬆地感受到三角借用短歌想要傳達的心意，而且她似乎對學會了一首輕鬆理解的短歌感動不已。在這一點上，中西的預言也算是說中了。

三角之所以沒有認真追究琉璃想要自殺，或者說是試死的可怕想法到底有幾分真實性，當然是因為覺得他們之間的關係會長久持續下去，相信以後還有機會可以正確瞭解她真正想法。

當時，三角擅自想像琉璃丈夫的樣子，認定他是個老男人。之所以會這麼認定，是因為中西把琉璃比喻成《安娜．卡列尼娜》的女主角、人妻安娜的關係。三角看的那部由費雯麗主演的《安娜．卡列尼娜》中，安娜的丈夫無論怎麼看，都是五十歲左右的老男人，留著八字鬍，下巴也蓄了鬍子，額頭的髮際後退，已是半禿的中年男人。虔誠又愛面子，害怕醜聞，這個神經質的男人經常把手指關節弄得劈叭作響。那個丈夫，正確地說，是演那個丈夫的演員在二十歲的三角眼中已經是老人了。

因此，在三角想像中，琉璃和她的丈夫不會同床。曾經對琉璃說：「妳的技巧很差」，讓琉璃失去自信，對自己有錯誤認識的那個男人，如今已垂垂老矣，也不會碰觸妻子的身體。因為他能夠買兩個都彭打火機，所以財力應該不是問題，以年紀來說，不是公司的高階主管，就是老闆，那種老人唯一的樂趣就是工作。這就是三角對琉璃丈夫的想像，琉璃孤獨地去電影院打發時間，孤獨地去公園野餐，都是為了忍受已經沒有愛的夫妻生活，為無聊的日常生活增加一點變化，讓自己得以喘一口氣。

總有一天，琉璃會親口把所有這些事告訴自己。今晚之後，自己將和她的人生有更深入的交集，也將陪伴她共度未來的命運，就像安娜・卡列尼娜的情人伏倫斯基一樣。即使他們的命運不像電影那樣戲劇化，自己也欣然接受那樣的角色。下個月、明年，更以後的將來，無論有多大的障礙，我都會隨時陪伴在琉璃的身邊。我願向君誓。

在他們最後共度一晚的一個星期之後，三角的想法遭到徹底粉碎。琉璃被地鐵的列車輾死了。

根據媒體的報導，尤其是三角反覆看了多次的那份印了琉璃相片的報紙報導，那並不是跳軌自殺，而是意外的災難。

月台上擠滿了準備回家的等電車人潮，月台角落發生了不明原因的爭執——兩個男人發生口角，其中一方的朋友想要勸解，但暴力失控，人群紛紛四散，擔心遭到池魚之殃——名叫正木琉璃（二十七歲）的女性被捲入宛如突如其來龍捲風般的騷動，遭到波及而成為不幸犧牲者。那篇報導上所附的相片就是琉璃本人。

然而，三角無法相信那篇報導的真實性。

無法想像琉璃就像遇到連續追撞的不幸車禍，來不及理解到底發生了什麼狀況，就被電車碾過，結束了一生。

在三角的想像中，根本不可能發生這種事。她的注意力被電車進站的廣播吸引的瞬間，就遭遇了巨大的衝擊。肩膀被站在身旁的人用力撞了一下，身體失去了平衡，琉璃的身體被推出月台時，她還在擔心腳上的一隻鞋子快掉了。她的身體倒了下來，懸在半空中時，那隻快掉的鞋子從腳尖滑落。就在這時，比腳下無助的感覺強烈好幾倍的恐懼襲來，她瞪大了雙眼。隨即就是對抗著重力，仍然被緩緩拽入地獄深處的過程中，只有曾經墜落經驗的人才能體會的那種被無限拉長的時間，也就是臨死之際，她應該感受到了類似徹悟的東西。一定是這樣。她一定能夠接受。既然這就是死亡，她決心接受死亡。她應該有這樣的時間。在後背碰觸到鐵軌時，在感覺疼痛之前，她聽著逼近的電車警笛聲，閉上了眼睛，必定會想起，上週的那個夜晚，自己口中說出的有關死亡的話。她自己也承認，一旦說出口，就變得膚淺的那些話。

試死。

對照報導的事實，三角腦海中對琉璃死亡的想像，有著明顯的出入，而且，在旁人眼中——如果旁人能夠窺視三角的腦海——也覺得脫離了常軌。

然而，他很清楚自己的想像錯誤，也知道自己脫離了常軌。他在瞭解的基礎上，執著於這種虛假的想像。把琉璃的死解釋為自殺，把她在最後的夜晚說的那句話，視為選擇死亡的她「沒有寫下的遺言」，接收她傳遞的訊息。

我會像月亮一樣死去，然後轉世。

他當然沒有把這件事告訴任何人。

沒有人知道他和死去的正木琉璃這個二十七歲的女人有關係，三角在別人面前也完全沒有表現出悲傷的樣子。

就連一起打工的中西，也沒有發現成為那起意外犧牲者的女人，就是那個人妻安娜。如果從諷刺的角度看待現實生活中發生的事，就會發現中西預言中最準確的就是那一刻。中西根本不可能想到，被他形容為安娜的女人，就像《安娜．卡列尼娜》的女主角一樣被碾死了。

也沒有任何人知道，這個世界上有一個人認為正木琉璃的死不是意外身亡，而是自殺。

在大家眼中，三角一如往常。

☾

正木琉璃死去的隔年。

寒假結束後，三角也沒有去學校上課。

他每天都窩在沼袋的公寓，但仍然和之前一樣，每天都去錄影帶店打工。

而且，也持續去常去的電影院。

因為月虧月盈，如果琉璃轉世，變成陌生人出現時，在他們當初相遇的地點、充滿回憶的地點，在高田馬場打工的那家店或電影院重逢的可能性最高。只要有年輕女人來店裡加入會員，三角在應對時就格外謹慎；在電影院大廳和女人擦身而過時，只要視線交會，他就會仔細觀察對方，心裡默唸著「琉璃和玻璃，見光都生輝」這句話。在琉璃死後多年，三角始終無法改掉這個習慣。

即使窩在沼袋的公寓內，三角對門外的動靜很敏感。

只要有腳步聲停在門前，門外的人還沒有按門鈴，他就已經站在門口。他曾經長時間聽熱心勸他入教的女人傳教。如果那個女人是琉璃轉世，一定會在說耶穌故事的過程中，突然吐出舌頭笑起來，給他某些暗示，然而，從來沒有發生這樣的奇蹟，也當然不可能發生。

當他獨自在家時，滿腦子都是琉璃生前的事。在徹底思考之後，三角得出一個結論。琉璃生前說的每一句話都是真心話，她就是這樣一個女人。即使聽起來像是開玩笑的話，其實她也沒在開玩笑。就連好像在輕鬆談論死亡、「試死」這個她創造的名詞，也可能是出自真心。因為三角認為琉璃真的自殺成功，所以當然會得出這樣的結論。

無論在任何事上——在和比自己年紀小的大學生戀愛這件事上——無論在任何時候，她都活得很真誠，所說的每一句話都發自內心。如果是這樣，關於做愛的評分那件事又該如何理解？她評論自己的技巧很遜，也許並不是謙遜，而是認定當時的行為真的很笨拙，為此感到羞恥。也許她就像認真準備重考的女學生一樣，好好復習之後，再度前往三角位在沼袋的公寓。「以後越見面會越痛苦，我們兩個人都是」、「即使今後我們越見面越不幸」這種好像純愛電視劇的劇本中會出現的台詞，也許也是出於她的真心。也許正因為她認真考慮了將來的事，得出無法避免不幸的結論，她才不得不這麼說。也許為了避免無可迴避的不幸——雖然這句話自相矛盾——為了實現原本不可能出現的未來，逆向思考，用自殺的方式摸索從「試死」到「轉世」的方法。

回首往事，在相遇的那個下雨天，當三角遞上T恤讓她擦拭濕髮時，她也許是發自內心感到高興。正因為這樣，所以才認真四處尋找相似的新T恤。也許對已婚的琉璃來說，只因為受到親切對待，就為比自己年紀小的男人四處尋找禮物的經驗，是前所未有的重大事件。也許收到草莓煮的禮物，以及和丈夫以外的男人單獨看電影的經驗也一樣。也許從一開始，琉璃就對所有的一切都很努力，認真對待每一件事，在腦海中描繪了兩個人關係的未來發展、無法倒退的未來，以及未來將會發生的不幸劇本。在她的劇本中，也許不幸的場景即將出現，然而，三角只是傻傻地沉浸在戀愛中而沒有發現。於是，琉璃發揮了人生最後的認真，或者說在今生最後的認真，像月亮一樣死去。

他的思考中有太多「也許」，無法確認真偽。想要確認真偽的唯一方法，就是由琉璃親口告訴自己。有朝一日，由像新月般重生，再度以另一個人的身分出現在自己面前的琉璃親口告訴自己。

三角每天把玩著這些異想天開的幻想——不時拿出剪報的報導內容，目不轉睛地看著黑白相片——過著像行屍走肉般的生活。

他花了一點時間，才終於對緊緊抱著異想天開的幻想的自己感到厭倦，換句話說，他對一味等待奇蹟發生的被動生活感到厭倦，決定丟棄剪報，找回原來的自己。

為此，三角浪費了二十多歲時寶貴的一年。

之後，他回到大學復學，再度邁向一帆風順的人生。

12:00

「小山內先生，你曾經見過三角先生一次吧？」

「對。」小山內聽到這個問題後點了點頭，但已經預測到對方接下來想要說什麼，以及對方想要讓自己承認什麼。

綠坂唯——這是少女母親的本名，也是她身為女明星的藝名——想要說的是，無論誰看到眼前這幅陳年油畫，都知道畫中人是三角哲彥，完全不需要有絲毫的懷疑。眉毛的形狀、左右眼尾的角度、下巴的線條、鼻梁和鼻翼，以及嘴角令人印象深刻的微笑，都充分掌握了特徵。小山內先生，你應該也看得出來吧？

「既然你曾經見過他，」綠坂唯再度提醒，「既然你知道三角先生目前的長相，相信你也……」

「嗯，我知道。」小山內再度點了點頭，「這上面畫的應該是三角。」

「是啊，我也認為沒錯。既然這樣，小山內先生，」

「既然這樣，就代表我女兒在畫這幅畫的時候知道三角的長相。」

「三角年輕時代的長相。」

「是啊，也可能是……」

小山內的話還沒有說完，少女就插嘴說：

「是他二十歲的時候。那是我最熟悉的長相，雖然左眼下方的痣和實際有點不一樣。」

少女重新拿起畫布，把畫出示在小山內面前。小山內定睛一看，發現年輕人的左眼下方，的確畫了小小的黑點。小山內直到前一刻為止，都沒有發現那原來是兩顆痣。他完全不記得七月見到的三角臉上有痣這件事，也無法判斷兩顆痣的位置和「實際」怎麼不一樣。

「因為這是以前在仙台時，根據記憶畫了這幅畫。」少女把畫轉向，獨占了那幅畫，「更何況不是一年前、兩年前的記憶，當然會有差錯。」

少女很自然地說出「以前在仙台時」這句話，小山內說不出話。剛才他原本想說：「也可能我女兒在畫這幅畫的當時，認識一個長得很像三角的人。這幅畫很像三角純屬巧合。」但他知道，即使說了這些也無濟於事。

「媽媽，他年輕的時候長這樣，真的是這種溫柔的長相。」

少女穿了一件新的格子洋裝，綁著馬尾，轉過身體對母親說話時，身旁的母親語氣平靜地回答：

「三角先生現在笑起來也很溫柔啊。」
「嗯，但以前更加，該怎麼說，更加爛好人？」
「爛好人？說爛好人太失禮了，可以說看起來人很好。」
「那不是一樣嗎？」
「很不一樣啊，爛好人並不是稱讚的話。」
「是嗎？」
「是啊。」
母親穿著顏色很沉穩的毛衣和工作褲，毛衣領口露出了和女兒相同的藍色格子襯衫的衣領，留著一頭像珍．茜寶的髮型。小山內看著她們母女，覺得就像是個性不同的兩個朋友在說話。
母女的對話仍然持續。
「是嗎？但他現在已經不是這樣，感覺更陰鬱。」
「對，三角先生現在有點陰鬱。」
「他越老越有型，至少長相是這樣。」
「妳又人小鬼大了。」
「什麼？」
「三角先生會說，可不想聽到妳說他年紀的事。」

「嘿嘿。」

「三角先生已經五十多歲了，琉璃，妳知道自己幾歲嗎？」

「我知道啊。不能否認，他的確老了，也開始有老人斑了，臉上的痣也不像以前那麼明顯了。」

「是這樣啊。」

「嗯，痣會變大變小嗎？」

「也許吧，也會變深或是變淺。」

小山內完全插不上話。

七月見到三角時，他完全沒有提到油畫的事。

如果三角說的情況屬實，小山內的女兒在十五年前，曾經從仙台打電話給他，但在那通電話中，完全沒有提及畫了他二十歲樣子的油畫。

小山內認為三角如實地陳述了自己經歷的往事，毫不隱瞞地說出了所有的事實。姑且不論他說的內容，至少認為可以在某種程度上信任三角這個人。小山內和三角哲彥在佛堂的黑色矮桌前長時間面對面，這個初次見面的男人是自己的高中學弟，也有著大型工程公司總務部長的頭銜，小山內對他的為人至少沒有留下壞印象。不同於以前曾經懷疑妻子，三角看起來不像精神有問題。

據三角說，十五年前的二月，他突然接到電話。小山內琉璃在電話中一口氣告訴他，三角的姊姊是母親的好朋友，自己是住在仙台的高中生，即將高中畢業，畢業之後就會去東京，無論如何都想和他見一面。琉璃在電話中口若懸河，好像一口氣唸完寫在紙上的內容。然後又告訴驚慌失措的三角說，自己的名字來自一句格言。

琉璃和玻璃，見光都生輝。

三角當然沒有忘記這句格言。

電話中傳來高中女生的聲音具有巨大的力量，一下子喚醒了沉睡的記憶。

然而，當時距離正木琉璃辭世已經過了大約十八年的歲月。雖然他曾經滿腦子都無法擺脫曾經她以另一個人的身分重生的妄想劇本，如今離那段日子已經很遙遠。三角已經擺脫了二十歲年輕人的脆弱，取而代之的是人生經驗和辨別能力。他竭盡全力面對了現實的人生，順利進入一流企業，平步青雲，在同期進公司的同事中最出人頭地。

當時三十八歲的三角在總公司的人事部擔任副課長，在電話中聽到小山內琉璃說了那句熟悉的格言後冷淡地問：

「所以呢？那又怎麼樣呢？」

對方陷入了沉默。

長時間的沉默後，小山內琉璃轉而用平靜的語氣再度問他：「下個月畢業典禮結束之後要去東京，是否可以見一面？」即使三角問有什麼事，對方也堅稱很難在電話中解釋清楚，見面時再詳談。因為聊了很久，未婚妻在一旁心浮氣躁，三角對她搖了搖頭，露出了苦笑，表示他也很為難。

最後，三角拗不過對方，只能答應見面。

見面的條件是，小山內琉璃的母親也會同行。

自稱是小山內琉璃的高中女生的母親原本叫藤宮梢，三角記得這個名字。姊姊的確有叫這個名字的朋友，他不僅聽過這個名字，以前住在八戶時，好像還曾經當面聊過一、兩次，可能是來家裡玩的時候曾經打招呼。總之，他打算之後打電話給住在札幌的姊姊，向姊姊瞭解一下情況，確認高中時的好朋友藤宮梢是不是真的有一個名叫琉璃的女兒。當時，三角這麼想——安撫完心情不悅的未婚妻，等她離開後，明天再打電話問姊姊。

隔天，三角又迎接了和平時無異的日常生活。

因為工作忙碌，他忘了要打電話給姊姊，也忘了有一個陌生的高中女生打了一通奇怪的電話給他。直到時序進入三月後，他才又想到這件事。有一天，三角在電視的新聞報導中聽到了母女兩人的名字，於是看了報紙再度確認。仙台近郊的隧道內發生了一起追撞事故，死亡名單中也有小山內梢（四十四歲）和小山內琉璃（十八歲）。

三角慌忙打電話給住在札幌的姊姊，姊姊在電話中回答說，上個月的確曾經把他的電話告訴了梢，所以，打電話給他的高中女生應該就是她的女兒琉璃。三角的姊姊並不知道她們母女為什麼想要三角的電話，原本以為是為了琉璃日後的出路，想聽聽三角的意見。因為真的不知道，所以也無法回答三角的問題。「她們母女可能是為了去見你，所以從仙台開車去東京，結果發生了意外嗎？——所以，你的意思是，我沒有向你打聲招呼，就把電話告訴她們，一切都是我的過錯嗎？不是這個意思吧？——你問我這麼可怕的事，我根本六神無主，腦筋亂成一團。哲彥，她們發生車禍死亡，應該不是我的錯吧？」

小山內琉璃打的那通電話的事，也變成了稀里糊塗的謎團。

如果之後沒有發生任何事，只是時間漸漸流逝，整件事也就會變成接過一通莫名其妙的電話，和不是很熟的人發生了車禍不幸死亡，漸漸被埋在記憶底層。包括小山內琉璃想要和三角見面的理由在內，稀里糊塗的謎團繼續稀里糊塗地褪了色，漸漸在三角的人生中失去意義。之所以沒有變成這樣，是因為……

小山內先生？

之所以沒有變成這樣，就是因為眼前這個少女。小山內不理會綠坂唯叫他的聲音，繼續思考著，試圖探索三角之後的人生，就連三角並沒有說過的事，也藉由發揮想像力增添色彩。三角在三十八歲都一直單身，應該有一定的理由，有除了在工作中找到生命意義的其他理由。大學時代難以抹滅記憶，琉璃的影子對他在他二十多歲到三十多歲期間的戀愛——如果曾經有過戀愛——產生了影響。也許在即將邁入四十大關之際，在部長的介紹下相親結婚之後，以為早就遺忘的琉璃的影子，仍然糾纏著他。琉璃和玻璃，見光都生輝。雖然那個高中女生突然在電話中提及這句熟悉的格言，他冷淡地反問：「所以呢？」但在得知高中女生的死訊之後，才終於認真思考她突然提起這句格言的意義。雖然在實際生活中，他舉行了婚禮，舉辦了賓客如雲的婚宴，蜜月回來之後，和妻子兩人一起建立了家庭，完成了和他人無異的步驟，但腦海中同時描繪了想像的劇本。在遙遠的過去，正木琉璃臨死前留下的話，以及名叫小山內琉璃的年輕女孩在電話中提到的格言。雖然理智上知道這並不可能，但三角還是無法不把這兩件事結合在一起思考。經過了十八年的歲月，仍然被相同的妄想、轉世的劇本糾纏。即使進入新婚生活之後，不，即使過了好幾年，仍然無法停止。三角心不在焉地陷入沉思，引起妻子懷疑的次數逐年增加，他從那個時候開始……

「小山內先生，你肚子會不會餓？」

綠坂唯提出了現實的建議。

「因為時間不早了，一直在這裡乾等三角先生也不是辦法，要不要先吃午餐？」不等小山內的回答，她就把手輕輕搭在女兒肩上，準備轉戰其他地點。綠坂琉璃在母親的催促下，把掛著吊飾的小包斜背在肩上，看了看桌上的油畫，又看了看小山內旁邊椅子上揉成一團的方巾。

從這對母女俐落的態度，小山內瞭解了狀況。她們八成早就做好了這樣的準備，要趁今天這個機會和三角一起吃午餐，也邀請他一起參加。

「要去哪裡？」小山內無意站起來。

「去預約位在地下樓層的餐廳……」

綠坂唯說到這裡，響起了電話鈴聲。她剛才塞進手提包裡的手機發出了模糊的聲音。

「是真崎先生打來的。」

她拿出手機，看著螢幕自言自語著，在接電話之前，就已經站了起來。

「等我一下。」

她對女兒說完，又默默向小山內欠身，快步走向店門口的方向，手提包仍然留在椅子上。

……他從那個時候開始，就像回到二十歲的歲月般，再度開始夢想著不可能的現實，期待著有朝一日，正木琉璃變成另一個年輕女人——比方說，就像眼前這個少女綠坂琉璃一樣——出現在自己面前，向自己發出暗號，然後持續等待這一天的到來。三角的婚姻生活在七年後破裂，他們夫妻之間沒有孩子。並不是順其自然的結果，而是三角不想生孩子，因為……

「真崎先生是事務所的經紀人。」綠坂琉璃對小山內說。

因為三角後悔不該這麼早結婚。也就是說，他真心相信。他相信正木琉璃必定會再度以別人的身分出現在他面前，會再度對他說那句格言。沒錯，一定會再度出現。第一次是從仙台打電話給他的高中女生小山內琉璃，而且用三角的話來說，小山內琉璃也像月亮般死去。既然像月亮般死去，就意味著有朝一日……

「打電話給媽媽的人是真崎（Masaki）先生。」

既然像月亮般死去，就意味著有朝一日，會再度轉世。就像正木琉璃變成了小山內琉璃，會打電話給他一樣，小山內琉璃有朝一日……打電話給媽媽的人是正木（Masaki）先生？這句話打亂了小山內思考，但他懶得開口，只是默默看著對方。

「不是正木琉璃的正木，雖然發音相同，但漢字不一樣，是真崎先生。是姓真崎的人，他是媽媽的經紀人，也不是正木龍之介的親戚。」

「……正木龍之介？」小山內忍不住反問。

「對，他沒有告訴你這個名字嗎？」

「他？妳是說三角嗎？」

「媽媽有沒有告訴你？上次媽媽去八戶時，沒有告訴你那件事嗎？」

「哪件事？」

綠坂琉璃沒有馬上回答，小山內有了思考的時間，自己尋找正確答案。

「正木龍之介……那個叫正木琉璃的女人，她丈夫的名字嗎？」

「原來你不知道啊。」

小山內坦誠地向少女點了點頭。他只能點頭。

「那你想知道嗎？」

「知道什麼？」

「八年前的事件啊。」

小山內用力皺起了眉頭。

他深鎖眉頭思考著。八年前的事件？

他無精打采地從喉嚨擠出了最先想到的話。

「八年前是妳出生的那一年。」

「嗯，就是這麼一回事。在我生日之前發生的事件，要我告訴你嗎？」

「……」

「小山內先生，媽媽的一下子通常代表很久。」

「嗯？」

「她剛才離開時，不是說等她一下嗎？應該要等三十分鐘左右吧。」

9

正木龍之介比小山內早五年出生於千葉縣船橋市。

他在老家讀完高中後，進入了東京的私立大學，是建築系的優秀學生，也是橄欖球隊員，過了四年充實的大學生活。在畢業同時，被之前就很想去的一家大型營造公司錄取，隔了兩年，也順利考取了一級建築師的證照。

年輕有為的正木身高一百八十公分，體格強壯，運動能力也很強。他從小就個性溫厚，手也很靈巧，而且做事很有毅力，記憶力也超強。周圍的人都認為，正木說的話值得信任。他在大學的橄欖球隊發揮了領導能力，在進公司之後，也在同期進公司的員工中很有分量。

他身為營造公司員工鑽研專業能力期間，有一天，他跟著前輩來到銀座的一家菸具專賣店，遇到了能夠成為終生伴侶的女人。正木事後說，他看到那個女人的第一眼，就有了這樣的預感，但對方那個女人並沒有發現這種戲劇性的預兆，對她來說，正木只是她每天接待的客人之一，正確地說，正木只是陪同她接待的客人去買東西而已。

在前輩挑選菸斗期間，正木隨聲附和著，不時瞄向胸前別著「奈良岡」名牌的女人，觀察她得體的應答、語尾俐落的說話方式、讓人感到安心的溫柔聲音，以及對前輩的玩笑話露出的靦腆笑容，從展示櫃中拿出商品時的舉止，展示每一個商品時的手勢，帶去收銀台結帳時的走路姿勢。在長時間接待過程中，她只有一次趁前輩低頭的時候，看向窗外的馬路，正確地說，只是用渙散的眼神茫然地望向遠處，正木也沒有錯過這個瞬間。

不知道是否因為從來沒有看過那種憂鬱的眼神，正木一直念念不忘，有一次，終於說出了經典台詞。

「我帶妳走出去。」

雖然他這麼宣告，但因為太唐突，她沒有聽懂其中的意思。

「我相信自己能夠把妳救出去。」正木換了一種方式表達，「妳願不願意和我一起走出去？」

並沒有太大改變的表達方式讓她有點不耐煩。

「你在說什麼？」

當時，他們兩個人在公寓的門前面對面。她向位在銀座的店請假在家休息，正木突然上門。雖然是大白天，但她充滿警戒，一打開門，就緊緊握著門把。

「妳是不是根本不想上班，是不是想到從早到晚都要在那家店聞菸草的味道，隨時面帶笑容地接待客人，以後也要一直過這樣的人生，就會感到厭倦吧？」

她看著正木的臉沒有說話，正木完全沒有退縮。

「我聽說妳生病了，所以來探視妳。據我的觀察，妳的氣色很健康，鬆了一口氣。妳不要這樣眉頭深鎖，如果妳不介意，可不可以讓我進屋聊一聊？」

這個高大的男人腋下夾了一個印了網紋哈密瓜的紙箱，證明他的確是來探病的。

她見狀後，有點同情這個男人。他應該在上午去了銀座的那家店，在購買打火機的打火石後，鍥而不捨地向其他店員追問她沒去上班的原因，最後終於說服接待他的店員問到了地址，在下午的時候，終於來到這裡。難得的星期天，他就這樣浪費了半天的時間。

但是，她當然不可能讓他進屋。

當時，他們甚至從來沒有在菸具店以外的地方見過面。

男人經常在星期六傍晚，或是星期天上午獨自去銀座的那家店買東西，每次都由她負責接待，她早就記住了他的長相和名字。因為最初帶他來的前輩是店長的朋友，所以店裡的人都知道他的職業，也知道店裡的人都在說，那個帥哥建築師中意的不是都彭打火機，而是奈良岡小姐，但也僅此而已。不久之前聊天時，對方鄭重其事地遞上了名片，然後好像要求回報似地問了她的名字。她回答說叫琉璃，然後就假裝沒有聽到他其他問題。她既沒有告訴他琉璃這兩個漢字的寫法，也沒有提起關於這個名字由來的格言，因為她無意和他建立親近的關係。名片背後寫了他住家的電話號碼，她沒有抄在自己的記事本上，就直接把名片交給了負責顧客名冊的同事。

「對不起。」她微微鞠了一躬，握住門把的手更加用力，「請回吧。」

「啊，等一下，琉璃小姐……？」雖然聽到了他裝熟直接叫她名字的聲音，但她並沒有心軟。

關上門後，她在門內豎起耳朵，聽到了走廊上離去的腳步聲。

她猜想男人應該不會再上門了，經歷了這麼難堪的事，可能也很難再走進店裡，然後就會漸漸忘了她。沒想到他在隔週週六下午，一如往常地走進店裡，請她為都彭的打火機加瓦斯，然後約了奈良岡琉璃吃飯。

她拒絕邀約時，臉上的表情看起來不像是拒絕，而是因為太出乎意料，只能無奈地苦笑著，但苦笑還是笑，正木似乎認為有機可乘，之後又一而再，再而三——保持了一旦遭到拒絕，就不會繼續糾纏的風度——約她在外面見面。

她委婉地搪塞著正木的追求。

毫無進展的無味對話漸漸變成了習慣。

有一天，奈良岡琉璃再度蹺班。

正值黃金週連假期間，那天早晨，她像往常一樣想搭上通勤電車，但準備踏進電車時，發現自己的雙腳不聽使喚，好像在水裡走路般沉重，不想繼續往前走。她像上次一樣，站在月台的角落，目送幾班電車離去，最後終於放棄，走出了車站。因為那天的天氣很好，她去鋪了石板的廣場，坐在長椅上曬太陽，然後在商店街閒逛，又站在書店看了電影雜誌，去附近兒童公園的沙坑，在不影響其他小孩子的情況下玩沙子。整個上午，她沒有和任何人說過一句話，正午之後決定回家。這也和上次蹺班時的情況一樣，唯一的不同，就是忘了在車站前的公用電話打電話向公司請假。

還有另一件事和上次不一樣。正木龍之介已經搶先一步站在她位在二樓的房間門口。

「嗨！」他舉起一隻手，滿面笑容地打招呼，「我很擔心，不知道妳去了哪裡，你們店裡的人也都很擔心。」

正木穿了一件很合身的Polo衫，似乎在炫耀自己健壯的體格。可能太熱了，所以他脫下外套拿在手上，另一隻手上沒有拿任何東西。這次沒有哈密瓜。她看到眼前的男人足足比自己粗兩、三倍的健壯手臂，腦海中浮現了莫名其妙的想法。自己該不會預料到會發生這種情況，期待他擔心自己，然後再度上門，所以才故意曠職？

她自己最清楚，並不是這麼一回事。這是她的老毛病。她從小就覺得自己的內心住了另一個不好的人格，經常慫恿她做一些不該做的事。不要去學校、不要做和別人相同的事、不要變成像外婆一樣的無聊大人。她知道因為這個原因，自己在青森讀小學期間，當六年級時，外婆去世之後，搬去埼玉縣的親戚家住，讀中學、高中期間，都一直被周圍的大人視為問題兒童。

「據我的觀察，妳的氣色還不錯。」正木說了和上次相同的話，即使蹺班，也必須面對相同的無聊。

她不理會正木，拿出了房間的鑰匙，正木在一旁說：

「附近好像有一家西餐館。」

他突然提起餐廳，是因為即使找上門來，仍然鍥而不捨地想約她一起吃飯。如果拒絕他，他應該會很乾脆表示同意，卻不會放棄。

「雖然那家餐廳看起來不怎麼樣，但既然連假期間還在營業，顯然生意還不錯，還是剛好相反？」

雖然她根本不想笑，但還是忍不住笑了。她用鼻息發出了笑聲。

「你還沒吃午餐嗎？」

「嗯，妳呢？」

「那裡是學生出入的餐廳。」

「嗯？」

「只有蛋包飯、炸漢堡排、拿坡里義大利麵之類的。」

「是喔，原來妳去過？」
「還有可樂餅、漢堡。」
「我沒問題啊。」
她心血來潮地收起了鑰匙，完全不知道僅此一次的心血來潮要了她的命。
他們面對面坐在午餐時間很擁擠的老舊西餐廳角落座位，第一次看著對方的眼睛說話。對正木來說，必定是夢寐以求的發展。他必定覺得機不可失，決定展開猛烈攻勢，所以在吃飯期間都滔滔不絕地說話，從他的出生到目前為止的經歷，甚至評論了西餐廳的內部裝潢。當沒有話題時，開始問奈良岡琉璃一大堆問題。不知道是受到了對方的影響，還是餐前開始喝的啤酒發揮了作用，當她回過神時，發現自己娓娓訴說起自己的身世。她出生後不久，母親就離開了人世，所以她沒有關於母親的記憶，從小跟著外婆長大。聽外婆說，父親去東京打工賺錢之後，從此杳無音訊，所以也沒有關於父親的記憶……
雖然這種話題很容易讓餐桌陷入沉重的沉默，但實際上並沒有。因為正木點頭聽著她說話，中途好像在得意炫耀般拿出了打火機點了菸。在點火之前，用手指撥開上蓋時，打火機發出的聲音，以及裝了飲料的杯子和杯子相碰時清脆的聲音分散了她的注意力。外婆死後，她去了舅舅家，轉學到埼玉縣川口市的一所小學後，同學嘲笑她的津輕口音……正木闔起打火機時，發出了好像皮鞭抽了一下的緊實聲音。

「真可憐。」

「他們並不是因為我是轉學生就欺負我，起初只是覺得好玩。不久之後，我就學會了東京話。對了，正木先生，這個……」

「這個？」

「這種打火機不適合在這種地方使用，不適合在這種鋪著簡陋桌布的餐廳使用。」她吐了吐舌頭說：「雖然是我賣給你的。」

「我也有同感，但很可惜，我沒有可以在這種地方使用的打火機。因為某人曾經對我說，我不適合用便宜貨。」

「是啊，我的確說過，也推薦了最適合客人的商品。你有什麼不滿嗎？」

「我很滿意啊，所以無論去哪裡都用這個打火機，即使不太會換打火石，也還是忍耐著繼續使用。」

「換打火石很簡單啊。」

「我的手向來很笨拙。」正木說了一個謊。

「那下次要換打火石時，你可以拿來店裡，我幫你換。」

正木把抽到一半的七星菸放在菸灰缸上，眼角帶著笑意，喝了一口啤酒。

「妳不會在那家店工作太久。」

「啊？」

「妳應該快被開除了。」

「……」

「如果妳繼續像今天這樣蹺班，不久之後就會被開除。」

我討厭這個人的這種個性。奈良岡琉璃心想。討厭這個人滿滿的自信，高高在上的說話方式。但他表達的意見應該正確。正木看著奈良岡不發一言地陷入了沉思，再度抽起七星菸。

「聽說妳是靠川口那位舅舅的關係，那家店才會僱用妳。妳一旦遭到開除，妳的生活馬上會陷入困境，而且親戚也不想理妳了。妳會孤苦無依，到時候該怎麼辦？妳的手臂這麼細，有辦法一個人活下去嗎？」

「即使真的有那麼一天，」她看著對方的眼睛，「我也不會給你添麻煩。」

「不是麻煩，」正木淡然地說，「完全不是麻煩。我的意思是，萬一遇到這種狀況，我可以幫助妳。我可以協助妳擺脫困境，於是妳就會很感激我，不光會為我換打火石，甚至會為我煎漢堡排。我很期待有這麼一天。」

「……你在說什麼？」

「妳聽起來像什麼？」

正木拿著吃完餐點的餐盤邊緣，放到一旁。

「這種程度的料理，妳應該做得出來吧？」

「請你不要再調侃我。」

「我完全沒有調侃妳。」

正木單手撐著桌子，整個身體向前傾。

「琉璃，妳從剛才就一直瞪著我，想要看到我的眼睛深處，確認我是否出自真心。妳覺得我的眼睛看起來像在開玩笑嗎？」

看著他把臉湊到自己面前回瞪自己，她倒吸了一口氣。就在這個剎那，同時發生了兩件事。正木粗壯的手臂隔著桌子伸了過來，一把抓住了她其中一隻手腕。服務生剛好經過，可能因為正木的動作分了心，手上的金屬托盤傾斜，盤子、刀叉都掉在地上。

「第一次見到妳，我就已經決定了，我是真心的。」正木不為所動，「我要和妳一起走未來的人生。無論發生任何事，我都會用生命保護妳。」

她不假思索地甩開了他的手，火冒三丈，說了類似「我的人生，由我自己來決定」之類的話，然後站了起來。站起來之後，才漸漸感受到正木剛才握住她手腕的震撼、強大的握力、手掌的溫度。

那天晚上，她在三坪大的房間內輾轉難眠，為始終無法擺脫的不安想法煩惱不已。也許我的人生太無聊了；雖然過著一成不變的單身生活，也許對每天在住家和職場之間的往返感到厭倦；也許我太疲累了；也許我內心嚮往另一種不同的生活；不，也許很久之前，就一直嚮往，嚮往能夠和像正木一樣可靠的男人展開新生活。

最後，她想起了正木在西餐店那番分不清是認真還是開玩笑的話，開始覺得他說的沒錯，我應該可以做出那家店的漢堡排。也許可以有另一種人生，為他煎漢堡排的人生也許並不壞。早上，為丈夫做好早餐，送他出門；晚上準備好他愛吃的料理，兩個人一起吃晚餐。只要自己願意，也許可以擁有這樣的新生活。在擁有這種新生活之後，甚至可以想像自己抱著襁褓中的嬰兒。她在和未來的自己對戰中落敗，在看到這樣的藍圖時，迎接了星期一的早晨。

那天，她又請假不上班。她一夜沒睡，搖搖晃晃地走去車站，在月台目送了幾班電車離去，然後又循著和前一天相似的路線回到了公寓。這一天睡眠充足，所以隔天的身體狀況完全沒問題，但又產生了連續兩天曠職，不知道該如何向店裡解釋這個煩惱。她在車站猶豫了半天，在九點多時打了一通試探的電話，剛好是平時很聊得來的同事接電話。對方一開口就問：「妳怎麼了？是不是生病了？」她脫口回答說：「對，等一下要去醫院檢查。」回家的路上，她覺得再也沒臉見店長和川口的舅舅了。

最後，她從星期天到隔週星期六，整整一個星期沒去上班。因為謊稱生了病，所以就整天躺在被子裡。如果有人來探視，馬上會拆穿這種謊言。這種行為根本是希望公司開除自己，為什麼會走到這一步？她回想起彷彿已經變得遙遠的上週日下午，在西餐店的那一幕。回想起那個剎那，正木的大手握住了自己的手，回想起他手掌的溫度。

正木果然又在週六下午再度出現。當他按門鈴時，她已經摺好被子，換下了滿是汗水的睡衣，也化好了妝。光是做這些事，就已經累癱了，已經沒有力氣再趕走男人了。

10

結婚過了一年半，妻子仍然完全沒有懷孕的徵兆。

正木龍之介為此感到焦慮。在此之前的人生過程中，他向來不費吹灰之力就得到了人生中必需的一切。二十五歲之前，就按既定計畫考取了建築師的證照。三十歲之前，也按既定計畫娶了美女為妻。接下來的既定計畫就是將抱著嬰兒的妻子和自己的全家福印在今年的賀年卡，向千葉和東京都內的親戚朋友報喜。既定的計畫落了空，也許還來得及印在明年的賀年卡上。這是正木龍之介人生中第一次瓶頸，如果要形容的話，這種煩心的焦慮就是雖然畫出了完美的設計畫，但現場跟不上進度，導致工程延誤。

妻子無法理解丈夫的焦慮。她才二十多歲，和已過三十的正木不同，還不到急著生孩子，或是為不孕問題擔心的年紀。正木琉璃的煩惱不是生孩子的焦慮，而是無聊。每天早晨為丈夫準備吐司和煎蛋後送他出門，晚上做好煎漢堡排的準備等丈夫回家。有時候也會在早上煮味噌湯，晚上煮魚增加變化，但每天都要想菜色這件事沒有任何變化，而且也無法蹺班。這種單調的生活到底要持續到什麼時候？

過了整整兩年，進入第三年後，正木夫婦的閨房事已經規律化。丈夫為了讓妻子懷孕，每個週末的週五和週六都騎在妻子身上。雖然這種行為偶爾也會出現在星期天早上，但為了保留體力應付星期一上班，所以星期天下午之後就不會有性行為。妻子也掌握了丈夫固定的規律，星期天深夜，就獨自泡在浴缸裡喘息，明天之後，乳房就再也不會被粗暴地捏痛了。

然而，到了隔週的週五，疼痛的夜晚再度來臨。雖然丈夫並沒有動粗，妻子也努力表現出並不討厭那檔事，但身體的反應似乎很誠實，手臂和雙腿會不由自主地繃緊。丈夫總是用力抬起或是左右掰開她的腿，有時候用口水弄濕後進入妻子的身體。於是，她就會暫時忘記疼痛，也會忘情地抱住丈夫。他們的夫妻關係並沒有不睦，只是丈夫一心想要讓妻子懷孕。雖然丈夫稱之為「創造新生命的行為」，只是為了達到這個目的所採取的手段，讓妻子感覺到有點像在盡義務而已。

結婚邁入第四年後，正木為了維持體力，開始上健身房，也在上司的建議下戒了菸。聽取了很講究方位和風水占卜的親戚建議，在高田馬場找到了新居。位在邊間的這間公寓的臥室和客廳窗外可以看到神田川。

搬進新家的第一個週末夜晚，因為搬家太疲勞，正木琉璃拒絕了丈夫的求歡。她只是委婉地小聲表示拒絕，但幹勁十足的丈夫完全沒聽到，一把抓住她的肩膀拉進自己懷裡，脫下她的內衣褲。當他把身體壓上來時，她就完全無法動彈了，完全就是摔角時被對方壓得雙肩觸地，徹底制伏。丈夫不接受她的投降，仍然單方面持續展開攻擊，然後第一次不是很明確地說出了類似「難道就不能有點反應嗎？」這種責怪的話。她只是反駁說：「我剛才就說我很累啊。」

在新居的第二次發生在星期一。她原本大意地以為星期五才會有下一次，所以有點驚慌失措。「不要，我不要。」她像小孩子一樣反抗，但丈夫藉由戒菸和上健身房增強了體力，並沒有輕易放過她。正木在床上抱著妻子，正確地說，是把她按倒在床上，為生孩子大業奮鬥不懈。她在中途就完全聽任他的擺佈。

那天之後，對正木琉璃來說，和丈夫上床就像是摔角比賽。起初雙方會抓住手腕、甩開對方的手，默默地對抗。中途他會時而繞去背後，或是勾住她的腳纏鬥片刻，最後她就只能仰躺在床上，雙肩觸地認輸，發出嘆息聲。經歷多次這種絕對沒有獲勝機會的比賽之後，她漸漸失去了戰意，也察覺到丈夫發現了這一點，覺得自己這樣的對戰對象不過癮。

比賽結束後，丈夫的身體抽離，重重地倒在她身旁時，她似乎聽到了他不耐煩的咂嘴聲。雖然丈夫並沒有實際發出這樣的聲音，但床墊發出激烈的擠壓聲音，讓她忍不住這麼想。有時候在準備上場之際，丈夫主動放棄了比賽，那種時候，擠壓床墊的聲音很安靜，但她實際聽到了一聲重重的嘆息。她總覺得丈夫在責怪她太沒本事，所以才讓他該硬的硬不起來，責怪她技巧太差，所以連個孩子都生不出來。

某天晚上，丈夫靜靜地離開了妻子的身體，吞吞吐吐地提出，希望她去婦產科檢查一下。她覺得只有自己去醫院很不公平，所以沒有馬上答應。丈夫先發制人地說：「我很正常，上個星期去做了檢查，今天得知了結果。」然後搖著她的肩膀問：「怎麼樣？妳願意去嗎？」她只能點頭。

那一年五月，她還來不及去婦產科，就發生了不幸的事。

當年帶正木去銀座那家菸具專賣店，也就是為他們的相識創造機會的公司前輩去世了。前輩去世時才四十多歲。她之前就知道丈夫很崇拜那位前輩，從他接到訃聞後的消沉，和出席葬禮時的沮喪樣子也清楚瞭解到這一點。

夫妻兩人一起去上香的那天晚上，丈夫連喪服都沒有換，就垂頭喪氣地坐在床角，她看了於心不忍——在結婚前和結婚後，這是唯一的一次——鼓起勇氣，主動上前誘惑他，但是，丈夫完全沒有「性」致，冷冰冰地推開了她放在他大腿之間的手，似乎在說，這種日子怎麼可以這麼不檢點？

夫妻之間有規律的閨房事也在那天晚上之後畫上了句點。

原本以為像摔角比賽般的「做人」行為停止之後，她才發現原來這種行為也曾經為沒有起伏的日常生活帶來了緊張感。丈夫不在家的時候，她比以前感到更加無聊。差不多從那個時期開始，丈夫幾乎每個星期都去外地的工地現場，每週三、四這兩天不需要思考晚餐菜色的日子，她更不知道該如何打發時間。仔細閱讀早報和晚報、散步、看電影，還有在自己稱為漢字練習簿的筆記本上一次又一次地寫「命」這個字，直到覺得不像是自己熟悉的文字。這就是她所能想到的打發時間方式。

結婚前，她曾經懷疑正木的真心。他對我的苦苦糾纏不像是戀愛，更像是自我滿足。雖然他這個人的個性原本就很執著，但向我這種在世人的眼光中，即使結了婚之後，也無法為他帶來任何幫助的女人求婚，向我這種孤獨無依的女人求婚，是否只是為了滿足他從小想要什麼，就可以得到什麼的自尊心？是不是不允許自己輕易放棄自己想要的東西？結婚之後，這種執著就隨之消失，他的態度是否就會完全不一樣？

然而，正木在結婚之後也沒有改變，開始向「創造新生命的行為」邁進，讓她感到不知所措的同時，也感到安心。正木的愛情似乎是真的。不知道是否因為他骨子裡就是運動員的關係，他會輕易說出「我會用生命保護妳」這種好像連續劇的台詞。但只要不計較這一點，她對正木並沒有太大的不滿。最重要的是，他是一個身強力壯、安全可靠的男人。然而，正木變得沉默寡言。雖然在職場擔任比以前責任更加重大的職位，工作越來越忙，但每天回到家就悶悶不樂。不光是不再說甜言蜜語，丈夫甚至連續好幾個星期不碰妻子的身體。兩個人一起創造新生命那件事怎麼了？他的執著去了哪裡？她漸漸感到不安。

初夏的那一天，她晚餐煎了漢堡排。

前一天晚餐也是相同的菜色，也沒有日式和西式的差異。如果丈夫動怒，她就可以反擊他平時對自己漠不關心應戰，但丈夫只是默默吃飯。她感到毛骨悚然，也同時感到難過不已，情緒失控，眼淚撲簌簌地流了下來，忍不住自言自語。「你還在生氣嗎？你一直在生氣。是為了那天晚上的事，你很崇拜的前輩葬禮那天晚上的事，對不對？我沒說錯吧？」丈夫凝視著和昨天相同的甜胡蘿蔔配菜。

「你覺得我那天晚上不檢點，所以還在生氣嗎？你是不是看不起我，所以和其他女人外遇，對嗎？」

丈夫放下了筷子，用感受不到生命力的雙眼看著妻子。

「外遇？」正木說：「我沒有外遇。」

「最近經常有人打電話來家裡。」

正木也沒有問是怎樣的電話。

「是奇怪的女人打來的。」

「應該是通知我參加同學會，老家高中那裡的。」

從他的表情中無法解讀他真的這麼想，還是隨口說說而已。「妳是阿龍的太太？阿龍在嗎？」對方用酸溜溜的語氣問，當問她：「請問是哪一位？」時，就馬上掛了電話。只有一次，對方在掛電話之後報上了姓名。「我嗎？我是安格妮絲・林。」那個女人是高中同學嗎？她非常懷疑，正木輕輕點了好幾次頭，自己承認了。但並不是承認外遇的事，好像是現在才終於發現自己原來在生氣。

「沒錯，妳說得對，我的確在生氣。」

「這件事是我的錯，對不起。」

「不，我是在生氣八重樫先生，我生氣他沒有向我打聲招呼就這樣死了。自從那天晚上，自從看到那封遺書之後，怒氣就一直積在心裡。」

八重樫先生就是不久之前去世的那位前輩，因為對外說是不明原因猝死，所以在葬禮時禁止提「自殺」這兩個字。她雖然聽到丈夫通電話時說的話，早就猜到了，但還是假裝不知道。只不過她真的不知道遺書這件事。遺書只有短短一行字，的確是八重樫先生的筆跡，最後的遺言很冷淡，而且不知道是寫給誰的。在丈夫告訴她之前，她完全不知道這件事。

「真的嗎？」

「對，真的是這樣，我親眼看到了八重樫先生的遺書。看到的時候，整個後背都起了雞皮疙瘩，正常人不會寫那種遺書。如果他當時精神正常，就代表他褻瀆了死亡。他褻瀆了死亡，褻瀆了所有的死亡，褻瀆了人類的死亡。不對，那封遺書是褻瀆了所有活著的人，褻瀆了人類的生命。不，是褻瀆了兩者，褻瀆了地球上人類的生和死。我很生氣，怎麼會有那種簡直是在愚弄別人的遺書？如果他是在精神正常的狀態下上吊死亡，就應該跪下來向所有人類道歉，要以死謝罪。他媽的，他已經死了。既然這樣，就應該活過來一次，然後再以死謝罪。琉璃，到底有什麼好笑的？」

「啊？」

「妳剛才不是伸出舌頭嗎？」

「我沒有啊。」

她用餐桌上的抹布擦了擦眼淚，聽著丈夫從內心深處吐出的怒氣。眼淚已經不再流，只是覺得丈夫突然大動肝火，滿臉通紅地連續說著「褻瀆」、「人類」的字眼很滑稽。難道丈夫想要表達八重樫先生輕視死亡嗎？是因為覺得八重樫先生輕視自己，所以才這麼生氣嗎？

「死亡這件事，」正木的呼吸平靜後，再度開了口，「是一件很悲慘的事。我不是向妳提過我爸爸的事嗎？我爸爸在花甲之前就因為得了胰臟癌死了，他面黃肌瘦，在斷氣之前簡直骨瘦如柴，悽慘的樣子讓人不忍卒睹。但是，他到臨死之前都努力活下去，他努力生存，最後面對了死亡，面對了任何人都不可避免的死亡。我們活著的人為走完人生的人送行，這是人類的義務。八重樫前輩就像是出門參加當日來回的旅行一樣，就這樣隨便留了一張字條，毀了寶貴的生命。這是褻瀆，無論怎麼想，都無法原諒。我一直都很生氣，我剛才一直在說的褻瀆的意思……琉璃，不要伸舌頭。」

「啊，對不起。」

「妳瞭解我說的意思嗎？」

「嗯，我知道你想表達的意思。」

「那妳為什麼笑？」

「我並沒有笑，只是在意眼睛的事。」

「眼睛？」

「八重樫先生的眼睛，不是他活著時的眼睛，只是在想，如果八重樫先生現在看到了，不知道會怎麼想。」

「嗯？」正木露出沉思的表情。

「現在根本不知道八重樫先生人在哪裡，不是嗎？雖然知道他寫下遺書之後死了，但並不知道他之後去了哪裡。」

「妳是說八重樫前輩死了之後嗎？現在就在這裡嗎？」

「對。」

「妳別說傻話了，怎麼連妳都在愚弄我嗎？」

「……我沒有愚弄你。」

八重樫先生也不是用死亡來愚弄別人，也無意褻瀆人類的死亡，也許只是對死亡和死後的世界有濃厚的興趣而已。也許想要更深入瞭解自己個人的死亡，經過深思熟慮之後選擇了自殺。雖然她腦海中浮現了這些離奇的想法，但她沒有再說什麼。丈夫已經神經過敏，她不想再說什麼會刺激他的話。

「前輩已經火葬了，已經燒成了灰，妳不是也一起看到了嗎？死人就到此為止了，無論寫下什麼遺書，一旦死了，就會變成骨灰。」

「是啊。」

「眼睛？」正木又說了一次，東張西望之後，露出嘲笑妻子的表情，緩緩搖了搖頭，「死人的眼睛？妳這個女人真蠢。」

她低下了頭，聽到桌子對面傳來了咂嘴的聲音。

「妳去把味噌湯熱一下。」

她聽從了丈夫的吩咐，拿起味噌湯的碗站了起來。

「還有，」

背後傳來丈夫的聲音。

「妳要改掉伸舌頭的習慣。也許妳自己沒有察覺，很久之前，從很久之前，我就很在意這件事。又不是小孩子，難看死了，別再伸舌頭了。以後不許再在我面前伸出舌頭。」

她說話時沒有回頭。

「老公，」

「……怎麼了？」

「同學會的通知，如果你不在家的時候打來，該怎麼辦？」

「這種事不必放在心上。」

「你可以請對方別再打了嗎？」

「……」

「老公，」

「怎麼了？」

「你每個星期出差要到什麼時候？」

「當然要等橋造好之後啊。別問這種蠢問題。」

丈夫並沒有多聊在哪裡建造多大的橋樑，之後，從夏天到秋天，他比之前更忙碌，更經常出差。在妻子眼中，只覺得丈夫謊稱出差的外宿次數增加了。

丈夫回家之後仍然沉默寡言，也不再提「妳要不要去婦產科檢查一下？」這件事。無論如何，初夏的那一天，吃著和前一天相同的漢堡晚餐時的交談，是他們夫妻最後一次像樣的，或者說是較長時間的談話。

十二月中旬，妻子被電車碾斃的那一天，正木龍之介難得下班後直接回家。他回到家時，妻子應該剛出門不久。他看到了放在餐桌上的短信。

安格妮絲．林打電話來家裡。

我今晚不回家。

他知道第一行的「安格妮絲．林」是誰。那是他的高中同學，以前曾經在銀座的酒店上班。目前回到船橋，開了一家小店。說白了，就是正木的外遇對象。除了她以外，不可能有其他人自稱是安格妮絲．林打電話來家裡。

很久以前，那時候她還在酒店當小姐。有一次去她家時，她拿出相簿，指著二十歲左右時的相片說：「我脖子以下看起來是不是很像安格妮絲．林？」聽到她不知道算是在炫耀還是謙虛的這番話，忍不住多嘴地說：「對喔，我以前曾經很迷安格妮絲．林的寫真集。其實我喜歡像安格妮絲．林那樣，不，是像妳這種豐滿的女人，至少在認識我老婆之前是這樣。」對方就說：「是啊，男人都一樣，通常會和自己喜歡的類型完全相反的女人結婚。急著結婚之後，才發現自己犯下了錯，真是笨死了。不過，阿龍，你還來得及，你們還沒有生孩子，還很自由，只要你願意，隨時可以選擇安格妮絲．林。」那次之後，在他們之間，很自然地把「安格妮絲．林」變成了「妻子」的相反詞。

原來她打電話來家裡。正木不悅地想道。之前明明叫她不要打，結果她又打來了嗎？真是糟透了。那個女人的性格真扭曲。先不管這件事，短信的第二行字——

我今晚不回家。

正木更在意這句話。妻子特地這麼宣布，在今晚這種臘月的寒冷夜晚，她到底去了哪裡？有什麼事？去了哪裡？住在哪裡？難道她有住的地方嗎？

因為他連續好幾個月都不顧家裡，對妻子可能會去的地方一無所知，也毫無頭緒。

他決定先填飽肚子，就叫了外送的丼飯。蕎麥麵店的外送員說，外面很冷，好像快下雪了。

正木在吃飯時，不時斜眼看著妻子留下的字條。吃完飯後，準備先去洗澡。

他在浴缸放水時，把隔天出差時需要用的資料和換洗衣服裝進行李袋。

因為時間還早，他擔心明天出門時妻子還沒有回家，想到也可以留下字條，拿起筆，在妻子的字條背面寫了起來。

等我回家之後，再好好聊……

寫到這裡，他不知道該如何寫下去，抬起頭時，游移的視線突然捕捉到一個都彭的打火機和一個彩色的空花瓶一起放在窗邊的架子上。

他閒來無事，拿起打火機把玩著，發現竟然打出了藍色的火焰。應該是妻子為他在戒菸之後就沒再用的打火機補充了瓦斯。他用大拇指掀開了上蓋，點火之後，又蓋起了蓋子。聽著打火機發出的音色，看著打火機冒出的火焰。他可以想像妻子每天都像他現在一樣，一次又一次重複著這樣無意義的動作。想著想著，妻子也許明天不會再回來這裡的不安掠過腦海。不，也許妻子再也不打算回來這裡了。

家裡的電話差不多就在這時響起。

警察確認了他的身分，然後告訴他，地鐵發生意外，造成了人員傷亡。從死者留下的皮包中找到了家中的住址，和應該是他太太名字的證件。

正木臉色發白，腦筋一片混亂，雖然聽到那個男人在電話中說的內容，卻連一半都無法理解。聽到「意外」這兩個字時最先浮現在腦海的字眼揮之不去。「我太太死了嗎？」正木問。男人在電話中說：「想請你來確認一下。」正木好像沒有聽到他說的話似地追問：「是自殺嗎？」

正木龍之介的人生發生了改變。

在短短一年期間，他失去了兩個親近的人。

一個是高度肯定自己的能力，也很照顧自己的前輩；一個是在眾人面前也能夠引以為傲的美麗妻子。

而且，兩個人都好像根本不把死亡當一回事，留下了好像戲言般的遺書，突然從正木面前消失了。雖然妻子留下的並不是遺書，而是字條。她也不是自殺，而是意外身亡，但在接到警方電話的那天晚上，在得知妻子死亡的瞬間，正木有一種好像電擊般的第六感，認為妻子的死幾乎就是自殺。安格妮絲．林打電話來家裡。我今晚不回家。妻子寫下這兩句話後離開了人世。在人生最後的日子，她非要告訴丈夫不可。「我太太死了嗎？是自殺嗎？」用顫抖的聲音問警察的聲音是正木自己的聲音，但這個聲音的記憶縈繞在正木的耳邊，始終揮之不去。

正木簡直就像變了一個人。

在此之前，他的人生一帆風順，風平浪靜，以船來比喻，他經歷了兩場暴風雨，最後遇難了。前輩自殺時，他勉強撐了下來，但妻子死於非命造成致命的打擊，讓他無法再繼續航行。他痛切地感受到人世間的虛幻和無常。

簡單地說，他覺得一切都很愚蠢無聊。

（

那一年年底開始，正木整天窩在船橋安格妮絲．林的家裡。新年時，他也沒有回自己的家，把所有的精力都發洩在女人身上，整天碌碌無為，連鬍子也不刮。雖然知道該去上班，但一天拖一天，最後也懶得去公司了。女人看到正木萎靡不振，努力激勵他，試圖帶他出門，結果硬是把他帶去了賽艇場、賽車場。初涉賭博的人賭運通常都很強，結果反而讓正木更加自甘墮落。

走一步算一步吧。正木的酒量越來越好。照這樣發展下去，只會越來越糟。他並不是完全沒有察覺這件事，但即使察覺，也可以假裝視而不見。他自甘身敗名裂。老家母親聽說了他的事，立刻打電話給他，但他也假裝不在家，不接母親的電話。即使周遭的人都勸他，他也我行我素，漠不關心。

一月底的某一天，公司的上司特地來到船橋，和帶著女人的正木好好談了一次，問他是否有回公司的意願。公司不願意放棄正木這樣的人才，但正木沒有正面回答。上司看著這個在職場內比其他人更優秀的下屬，如今穿著皺巴巴的運動衣，眼白泛黃，提出了公司事先決定的特殊處理方法，在春天之前同意他暫時停職療養身體，作為解決目前問題的非常手段。上司臨走前，沒有正眼看送他到門外的正木，叮嚀他說，趕快和那個女人分手，只要有那個女人，你就完蛋了。

二月時，那個女人懷孕了。那是她第二次懷孕。第一次是正木努力想讓妻子懷孕的時期，所以好說歹說，終於說服她墮了胎。正木忍不住幻想，如果換成是妻子懷孕該有多好。只要妻子懷孕，就不會發生這種事，也不會發生那種事。如果當時更堅持建議妻子去婦產科接受診療……

正木整天眼神空洞地抽菸，女人越想越心煩，用帶刺的話語刺激他。因為女人實在太囉嗦，正木狠狠地推開了她的手，然後破口大罵，連他自己都感到驚訝。都是妳的錯，妳這個臭婊子，還自以為是安格妮絲．林，妳只有奶子大，腦袋根本是空的。竟然還打電話給我老婆，這一切都是妳的錯，妳要負責。誰知道妳肚子裡的孩子是誰的種！去拿掉，現在馬上去給我拿掉。女人被這個論臂力，絕對不是對手的大男人罵得狗血淋頭，只能懊惱地流淚。

正木一個人去賽車場，也開始在船橋的夜店四處喝酒。贏錢的日子花錢毫不手軟，沒錢的時候就賒帳喝酒。當賒太多帳遭到店家拒絕後，就跑去女人的店吵鬧，說這一切都是她的錯，要她負起責任。

他身敗名裂的日子不遠了。三月的某個晚上，他花言巧語地騙了一個涉世未深，才十幾歲的酒家女，去了對方家裡，沒想到對方的男朋友突然上門，結果就打成了一團。警察趕到後，也找來了安格妮絲．林，對方同意只要支付醫藥費和慰問金就願意和解，但正木又罵她說，這也是她的過錯，女人只好籌錢付了那筆錢。因為她不希望即將出生的孩子父親有前科，所以只能忍氣吞聲。

但是，正木的胡作非為並沒有停止。他經常從女人的皮夾裡拿錢花用，只要女人有意見，他就甩開女人，正確地說，是推開女人，一個人去賽車場，完全沒有發現衝去廚房的女人為了保護身體，左手的無名指和小拇指都骨折了。女人去醫院治療後回到家，穿上了厚衣，雖然並不冷，卻感到渾身發冷，只好趴在地上。不久之後，腹中的孩子不幸流產了。女人的忍耐到了極限，不再有顧忌的女人立刻改變了心意，要求正木搬離她家，同時要求他支付巨額賠償。

我說你啊，其實喜歡那種乾扁貨色吧？女人搬出和那個十幾歲酒家女的糾紛痛罵他。你還忘不了你死去的老婆嗎？被我說中了嗎？你曾經大肆稱讚我是波霸，結果跑來船橋，選那種發育不良的洗衣板。只要用力一抱，不是就會折斷嗎？你喜歡那種的？你喜歡操那種乾瘦的女人？無所謂啦，我已經看穿了你的本性。這裡有醫生的診斷書，該付的錢付一付，乾脆點。

女人背後站了兩個一看就知道是黑道的年輕男人，目露兇光，忍著呵欠。如果雙方都赤手空拳，應該可以勉強對付，只不過正木已經沒有這種鬥志。而且其中一個混混不停地看手錶，上衣口袋裡露出了危險的東西。只能在見血之前，在保證書上畫了押。

在停職期限屆滿的四月，正木終於打電話去公司，希望公司提前支付他離職金。因為他賭博成性，再加上付給女人的賠償金，花光了之前所有的積蓄，不夠的部分還向老家的母親借了錢。

正木希望公司支付的離職金不是目前辭職的金額，而是工作到退休為止的金額，但公司認為提出這種要求根本是異想天開。事到如今，原本賞識正木的上司也只能放棄。公司停止了他的停職，立刻為他辦理了解僱手續。

在妻子死後不到半年，正木的人生就走不下去了。

他回到船橋市內的老家，搬回了母親和愛貓一起住的老舊兩層樓房子，靠父親的遺族年金過日子，被困在那裡無法動彈。

11

他需要一點時間走出頹廢，重新站起來。他花了好幾年的時間，才重新回歸社會。

他終於重新找到了工作，但並不是他洗心革面，自己勤跑職業介紹所的成果，全拜他母親堅持不懈為他找工作所賜。

正木只是厭倦了游手好閒、無所事事的生活，厭倦了伸手向母親要零用錢，賭博也只能賭點小錢；也厭倦了只不過賒了幾千圓，就要看小酒館老闆的臉色；更厭倦了逗上了年紀的老貓，或是抓闖進庭院的蜥蜴和蟬玩耍。看膩了一天就喝完的威士忌空瓶上的標籤，也聽膩了母親的嘮叨，但又沒有力氣搬離老家。既然這樣，即使再不甘願，也只能勉強聽從母親的安排，沒想到原本的不甘不願竟然出現了好結果。

母親持續鞭策已經變成廢物的兒子，同時翻出了丈夫以前在市公所任職時的老同事名片，請他們為以前——雖然只是小學的某段時期——曾經被稱為神童，而且年紀輕輕就考上了「建築師執照」的兒子介紹工作，也帶著和菓子禮盒，頻繁拜託亡夫的朋友。當事人缺席的求職活動當然很難有結果，無論母親再怎麼深鞠躬，放蕩兒子的傳聞不脛而走，在別人還沒有忘記這些傳聞之前，過去的光榮根本無法發揮任何作用。

市區一家掛著老舊招牌，經營土木工程和不動產的公司「小沼工務店」向他伸出了援手。那家公司是正木以前任職那家公司的承包商，老闆當然也知道正木的負面傳聞。只不過居中介紹的人是老闆父親的老朋友，所以至少要安排一場面試，否則對方面子掛不住。老闆做好了面對一個陰鬱男人的心理準備，請正木來辦公室面試。沒想到見面之後，發現四十歲的正木龍之介高大挺拔，衣著整潔，看起來磊磊落落，臉上帶著親切的笑容。

這麼高大的人，別人不敢小看他，在工地現場也可以指揮那些工人，而且他還是一級建築師，家世背景也很明確。目前和母親同住在市區內一棟可算是歷史悠久的老房子內。他在妻子死了之後一直單身。你的興趣愛好是什麼？會不會賭博？老闆假裝不知道他的傳聞，問了這些問題。正木鎮定地回答，明知道會輸，怎麼會去做那種蠢事？還說自己有一陣子肝臟出了問題，目前已經戒了酒，也不抽菸。最近找了附近的小孩，當他們的橄欖球教練，一方面也當作是復健。

果真如此的話，這個人值得一試。

「你有意願在我們這種公司工作嗎？」老闆問他。原本的人情面試變成了真正的面試。「我們公司不會造橋，也不會蓋大樓，最多只是有人請我們蓋住家的房子，也會接修理老房子的廚房、廁所和浴室，或是換馬桶之類的生意。你有興趣嗎？」

正木沒有絲毫的猶豫，有沒有興趣不重要，只要自己出馬，就可以搞定。來這裡之前，就知道自己會被錄用，所以這是理所當然的結果。

他並沒有完全喪失自尊心，難得穿上西裝、繫上領帶面對他人時，以前當上班族時代的年輕血液再度流遍全身。

「當然。」正木回答之後，立刻巡視沒有其他人的董事長室，露出了淡淡的笑容說：「繼續這樣下去，不光是母親，連死去的妻子都會難過。」

☾

即使沒有造橋、建造大樓的大工程，只要保持認真工作的態度，有很多地方可以讓正木龍之介充分發揮能力。不光是他的臂力、靈巧的雙手、記憶力，最重要的是他的專業技術都遠遠超過其他員工，彪形大漢率先搬運建材，在工程完工後勤快地收拾的身影讓人感到親切可愛。他的能力在進公司不久之後就得到了證明。無論在辦公室或是工地現場，每個人都願意聽從正木的意見。挖掘到人才的老闆忍不住瞇起了眼睛，關於正木的負面傳聞也很快就消失了。

二十年的歲月過去，正木仍然是小沼工務店的老員工。他不光是老員工而已，如今還是老闆的得力助手。

公司已經換了第三代老闆。

目前的老闆是當年為正木面試的第二代老闆的兒子，五十八歲的正木得到了比他年輕的新一代老闆信任，在公司內倍受厚待。姑且不論不動產業務，在工地現場，他可以暢所欲言，也經常出入老闆位在公司旁的住家。

第三代老闆已經成家，妻子以前是小學老師，他們有一個年幼的女兒。對營造一竅不通的老闆娘也很信任正木，他們的女兒和正木最親近。老闆的女兒名叫希美。

希美還不太會說話時，只要正木去他們家，她就很高興。即使她在哭鬧的時候，只要正木哄她，她就會安靜下來，連老闆娘也為此感到不解，「我和她爸爸都搞不定她……」不久之後，希美開始口齒不清地叫正木「儂之介叔叔」或是「牛之介叔叔」，逗得其他人哈哈大笑，到了她能夠正確發出「龍之介」這三個字的年齡時，叫他的名字變成她喜愛的遊戲。她整天叫著「龍之介叔叔」、「龍之介叔叔」，跟在正木身後打轉。

「龍之介叔叔，你體重幾公斤？你身高多少？龍之介叔叔，你明天放假要做什麼？龍之介叔叔，你家住哪裡？」當正木受邀去老闆家吃晚餐時，坐在他身旁的希美一刻都不停，大口咬著漢堡排和搭配的蔬菜，有時候中途甚至忘了咀嚼，急著跟正木說話。有一次食物不小心卡到喉嚨，無法呼吸，正木慌忙拍她的背，總算讓她吐了出來。事後她被老闆娘罵了一頓，放聲大哭起來。

正木有時候也會去幼兒園接她。希美央求他去參加幼兒園的遊園會，正木就和老闆家人一起去參加了。當老闆因為打高爾夫球分身乏術時，他也當司機，帶她們母女去動物園，也順便陪她們在動物園逛了半天。還有一次，希美硬是要跟著他一起出門，正木只好讓她坐在廂型車的副駕駛座上，在辦完公事之後，帶她去兜風。回程的時候還買了冰淇淋給她吃。

他們把車子停在路旁，在車上吃冰淇淋時，聊起了秘密。希美告訴他關於自己名字的秘密。「希美原本應該不叫希美。」希美對他說。

「嗯？」正木看著副駕駛座上的希美。

「希美真正的名字並不是希美，但這是秘密。」

「真正的名字？」

「就是媽媽原本打算幫我取的名字。」

「是喔……」

「但是爺爺和爸爸都反對，所以希美就變成了希美。」

「是喔，原來是這樣啊。」

「小隆說，希美和他奶奶的名字一樣，小隆的奶奶和我的名字發音一樣，但字不一樣。」

「小隆？是妳幼兒園的同學嗎？」

「嗯，小隆的爸爸開電車。」

「原來是司機啊。喔，原來是這樣。」

「希美其實比較喜歡另一個名字。」

他們的談話暫時中斷。

希美吃完冰淇淋後，又開始咬甜筒杯，正木問她：「要不要再吃一個？」看到希美用力點頭，他下車走向攤位，希美也下車跟著他。

「……龍之介叔叔，你會保守秘密嗎？」

「我會保密。」正木拿出零錢時回答。

「媽媽在夢裡夢到了那個名字。希美在媽媽肚子裡的時候，希美拜託媽媽說，我想叫琉璃這個名字。但因為爺爺反對，爸爸也不敢反抗爺爺，所以希美就變成了希美……」

正木聽著希美從背後傳來的聲音。

「……媽媽說，這件事是我們家族的秘密。」

希美在說這句話時，攤位上的老婦人正把裝在甜筒杯裡的冰淇淋遞給他，他忘了把伸出的另一隻手上的一百圓交出去，賣冰淇淋的老婦人用指尖把錢抓了過去。

正木動作極其緩慢地轉過身，好像面對初次見面的孩子般，仔細打量希美的臉，然後蹲下身體和她面對面。希美接過冰淇淋，伸出舌頭舔了起來。

「妳想叫什麼名字？」正木問。

希美微微偏著頭。

「咦？妳剛才不是說了嗎？媽媽在夢裡聽到的名字。」

「希美在媽媽肚子裡的時候，拜託媽媽的名字嗎？」

「沒錯，就是那個名字。」

「琉璃啊。」

正木說不出話。

前一刻才提到亡妻名字的少女專心地吃著冰淇淋。少女的一頭長髮在左右兩側綁了兩個麻花辮。媽媽把她打扮得很漂亮。她透露的秘密沒有特別的意思。名字的一致只是意想不到的巧合。正木把手放在希美的頭頂上方，猶豫了一下，直接碰觸了她的頭髮，然後摸向後腦勺。他摸了好幾次，希美都沒有表現出厭惡的樣子。正木漸漸露出了笑容。雖然他自己沒有察覺，但笑的時候，眼角的魚尾紋比平時更深了。

這時，比起姓名偶然一致的巧合，他更覺得那是一種第六感，但並不是相信了託夢這種事。雖然並不是這麼一回事，但很久以前就耿耿於懷，像是內心疙瘩般的謎團似乎終於解開了。自己沒有資格被人這麼喜歡，但希美這麼喜歡自己的理由，因為這個偶然的巧合，似乎終於有了合理的解釋。

「原來是琉璃啊。」正木小聲地嘀咕著。

「是用漢字寫的琉璃，只是希美不會寫，因為那兩個字很難，爸爸不會寫。媽媽說她現在仍然會寫。」

是琉璃。正木深信不疑。之所以覺得自己沒有資格被人喜歡，為此感到自卑，是因為曾經讓妻子以外的女人懷孕，卻又兩度殺了自己的孩子，而且又因為那個女人的關係，導致年輕的妻子還沒有懷孕就死了。正木相信，希美是上天帶給自己的寬恕。她是寬恕的孩子。這個孩子注定會出現在自己的人生中，是自己人生中所失去的生命再度重生……雖然從之後的發展來看，只能說這種想法太傻太天真，但當時正木真心這麼認為。

「但這件事是秘密，所以不能告訴別人。龍之介叔叔，你不能告訴爸爸，也不能告訴媽媽。」

點頭很簡單。

「那再買一個冰淇淋給我。」

可能以和亡妻相同名字誕生在這個世界上的女孩──她的長相並不太像五官輪廓很深的帥氣爸爸，更像是曾經擔任教職的母親，五官平淡而缺乏立體感，完全沒有亮麗感覺，一雙單眼皮的眼睛好像沒有睡醒的女孩──在正木的眼中，比以前更加綻放出特殊的光芒。如果賣冰淇淋的老婦人不在一旁，他可能會淚流滿面地緊緊抱住這個女孩。

希美回家之後拉肚子，正木向老闆娘道歉。老闆娘也無法對正木擅自帶女兒出門兩小時這件事睜一隻眼、閉一隻眼，晚上擔心地問丈夫，會不會有什麼問題？

「有什麼問題？」

「就是，」希美的母親含糊其詞地說：「因為正木先生那個年紀還是單身。」

「喂喂喂，妳別亂想。不是正木先生帶她出去，而是希美吵著要跟他出去，不是嗎？」

「是沒錯啦。」

「不要胡思亂想，這樣對正木先生太失禮了。」

正木不知道老闆和老闆娘之間曾經有過這樣的對話。

希美當然也不知道，所以隔天又黏著正木，好像什麼事都沒發生過。

隔年，希美七歲了。

上了小學後不久，她的身體狀況發生了異常的變化。

五月連續假期結束的某天早晨，一家三口在吃早餐時，希美突然放下了筷子。一雙小眼睛瞇得比平時更小，好像很想睡覺。她搖晃著身體叫著：「好熱，好熱，身體好像快燒起來了。」老闆和老闆娘看著她，不知道她在說什麼，希美握著筷子昏了過去，從原本坐著的椅子上倒在地上。老闆娘慌忙把她抱了起來，一摸她的額頭，發現額頭滾燙，老闆娘忍不住皺起了眉頭。他們在忙亂中驚動了住在隔壁棟的祖父母，當天就住進了祖父的朋友擔任院長的綜合醫院。

希美因為不明原因發燒，醫生也無法解釋。並不是感冒不癒，也沒有感染流行性感冒，更沒有食物中毒。驗血結果也沒有發現任何異常，但一量體溫，仍然有將近三十九度，希美在病床上痛苦地呻吟，意識漸漸模糊，說著不明意義的夢話。

希美的祖父衝進院長室，情緒激動地逼問對方，既然是醫生，就應該想辦法。院長找來主治醫生，傷透腦筋的小兒科醫生找遍了醫學書和醫學論文，仍然找不出原因，也不知道該如何處理。希美的父母和祖父母都熬夜陪在病房，但即使全家出動，也只能乾著急，日子一天一天過去。

住院第四天，希美突然恢復，病情大為改善。早上來為她量體溫的護理師也忍不住發出了「啊！」的驚叫聲。她的燒退了，意識也很清楚，也不再流汗。再度檢查後，還是沒有發現任何異狀。

希美出院後，恢復了正常生活，再度背著祖父母為了祝賀她上小學送的書包，走路去上學，在母親的輔導下，很快補好了課業落後的進度，和小隆以及其他同學之間的關係也沒有受到任何影響，才藝課也像以前一樣，每個星期去兩次鋼琴課和游泳課。雖然生病住院，但不光是身體，希美的性格和行為也沒有任何後遺症，一切都像以前一樣。一個月之後，就連她父母也忘了曾經莫名其妙發燒這件事。

正木最初察覺了醫生也沒有發現的異狀。

出院那天下午，正木帶著慶祝她出院的紅包和點心去了老闆家。他開車去當地情報雜誌票選第一名的蛋糕店，買了很受好評的布丁。

原本在二樓自己房間的希美聽到母親的叫聲，邁著輕快的步伐來到和開放式餐廳相連的客廳。

但是，從走廊走進來一步、兩步後，她停了下來，抬頭看著從沙發上站起來的正木的臉。

兩個人的視線交會。

正木發現她的雙眸立刻好像痙攣般抖動著。她的母親並沒有察覺，但站在她正對面的正木發現她微微偏著頭，似乎在努力回想正木的臉。

「希美？龍之介叔叔買了布丁給妳。」

「……嗯。」她似乎想起了正木的臉。

她突然改變方向，走向母親。

「媽媽，希美可以去房間看書嗎？」

「可以啊，布丁呢？妳不吃嗎？」

「等一下再吃。」

她衝上二樓，完全無視正木的存在。正木覺得她並不是漠不關心，更像是假裝自己漠不關心。老闆娘噘起嘴巴笑了笑，似乎想要為傻站在那裡的正木解圍。

幾天之後，在辦公室前巧遇從小學放學回家的希美。希美出院當天對他的態度讓他耿耿於懷，所以甩開了內心的芥蒂，故意用爽朗的聲音對她說：「真早啊，今天要去上鋼琴課嗎？」

兩人的眼神交會。

這一次，希美並沒有無視他。「對。」她應了一聲，垂下雙眼，但並沒有停下腳步，從正木身旁走了過去。她的回答簡短而率直，這是她唯一的反應。雖然如果說像小學生，這樣的回答的確很像小學生，但正木預感到極大的不安。和希美之間的距離越來越遠，她漸漸遠離自己。

在希美出院後的一個月期間，這種預感越來越強烈。

這段期間，又發生了一件雪上加霜的事。

那一天，正木開車時，看到了希美走在放學路上。她和一個男生站在人行道上說話。正木把車子停在路肩，搖下了駕駛座旁的車窗叫著她：「希美！」她的肩膀抖了一下，然後轉過頭。

「要不要我送妳回家？」正木問。

她停頓了一秒之後，露出了笑容，搖了搖頭。

「妳的朋友是小隆嗎？我也順便送他回家，上車吧。」

她再度搖著頭。

她突然收起了笑容，恢復了原來的表情，好像不願繼續擠出笑容，然後轉頭面對那個男生。正木覺得她在轉頭背對車子前一刻，那雙單眼皮的眼睛似乎透露出可怕的無情。

因為只有剎那之間，也許看錯了。

車子停在車流量並不多的單行道上，如果要下車，走到希美身旁很簡單，然而，即使這麼簡單的事，他也無法做到。因為他覺得一旦這麼做，自己會受到更嚴重的傷害。

正木帶著陰鬱的預感，把車子開走了。

自己並沒有看錯。正木緊握方向盤的手掌被汗水濕透，他把雙手分別在左右兩側的長褲上擦了擦，覺得這件事情並不單純。希美的母親有一次剛好看到希美對正木的冷漠態度，安慰他不要放在心上，希美已經是小學生了，正值成長過程中的叛逆期，但正木並不這麼認為，他擔心希美發生了曾經是小學老師的母親和自己都未知的狀況，發生了超越周圍大人想像的變化。

事實上，當他開著車緩緩駛回車道中央時，看到了不該看的一幕。

當他從駕駛座的車窗依依不捨地看人行道最後一眼時，希美也剛好轉過頭，瞥向正木的車子一眼。她的嘴角露出了淡淡的笑容。

正木不知道那個笑容所代表的意義，但事情無法就這樣結束。下一剎那，正木倒吸了一口氣。因為她的舌頭從鬆弛的嘴唇之間露了出來。

正木當然記得亡妻生前的習慣動作，也回想起曾經訓斥亡妻，不要把舌頭露出來。只要是關於奈良岡琉璃的事，從相遇經歷結婚到她死去的所有事，他都記得一清二楚。

照理說，他應該立刻聯想到妻子的面容，但在聯想到妻子的面容同時，應該說是在之前，正木有強烈的既視感。

正木看到希美露出舌頭的表情倒吸了一口氣時，發現以前曾經有過和現在相同的驚訝，曾經遇過和目前完全相同的情況。也就是說，以前曾經在某個地方，看到不是希美的另一個小學女生露出舌頭笑的表情。

而且，他記得當時那個吐出舌頭的笑，應該是帶著一絲輕蔑的冷笑是針對自己，讓他感到背脊發冷，就像現在一樣。那是什麼時候？在哪裡發生的？那個小學生到底是誰？……但是，正木想不起來，既視感近在眼前，卻無法把握明確的內容。

他完全不記得什麼時候在該轉彎的街角轉了彎，也不知道是否遵守了路口的號誌燈，在抵達小沼工務店時，開車回來的記憶完全是空白。老闆正在辦公室內，和幾名員工喝著罐裝咖啡聊著天。

老闆發現正木後，離開了其他人，走到他身旁，問他：「龍哥，今天要不要來我家吃晚餐？中元節收到了高級米澤牛肉的禮盒，希美最近似乎也終於穩定下來了，好久沒一起喝一杯了，今晚不找我爸一起吃飯。」

「喔，好主意。」正木漫不經心地點了點頭後問了一個問題。他覺得只是隨口發問而已。「希美之前在笑的時候就會露出舌頭嗎？」

「誰？希美嗎？」老闆反問，「我不太清楚，我家希美會做這麼可愛的表情嗎？但你為什麼問這個問題？」

「不，沒事。」

這件事也就沒了下文。

那天晚上，希美並沒有出現在小沼家的餐桌旁。

老闆娘說，她說沒有食慾，不必擔心。她晚餐前吃了太多冰淇淋和零食，平時就常提醒她不要吃太多零食。

真是拿她沒轍，希美整天吃這種東西，以後會變胖子。老闆這麼說，心情似乎還不錯。

老闆娘在吃飯時也都盡可能不看正木，總是看著老闆說話。比起老闆娘的態度，正木更在意二樓的動靜。

那天晚上之後，老闆沒有再邀他去家裡吃飯。

☾

學校開始放暑假。

八月的某一天，下午兩點多時，老闆打電話到正木家。

正木接起了客廳老舊電話桌上的電話。老貓早就不見蹤影，母親也在兩年前離開人世，如今他獨自住在這獨棟房子內，除了他以外，沒有人會聽到電話的鈴聲。上午的時候，他戴著老花眼鏡看書累了之後，打掃了客廳和浴室，活動了身體，中午過後，想不到其他事可做，就拿出了打掃時看到的舊相簿，看著相片中年輕時代的自己，和在自己身旁露出笑容的妻子打發時間。他不喜歡冷氣，所以關了冷氣，只穿了背心和短褲，搖著扇子，脖子上掛著隨時可以擦汗的毛巾。

敞開窗戶的簷廊那一側傳來油蟬的叫聲。

「龍哥，不好意思，休假日還打擾你。」老闆開口說。

上週六是正木的母親去世三週年的忌日，在代代皈依、祖墳所在的菩提寺舉行了法事，正木以需要做相關的準備工作和處理後續事宜為由，在週末前後向公司請了長假。但老闆開了口之後開始吞吞吐吐，正木只聽到「希美……」這兩個字。

「啊？希美怎麼了？」

「……龍哥，不瞞你說，希美沒回家，所以想問問你，她是不是去你那裡了。」

「我這裡？你是說我家嗎？」

「我老婆說，之前聽希美說，你曾經開車載她去你家，希美還說你家的院子很大，雖然知道不太可能，但還是想問一下。」

正木一時無法理解老闆想要表達的意思。之前的確曾經因為希美央求，所以帶她回來家裡看過，但那是很久以前的事，當時母親也還健在。

正木不知該如何回答，電話彼端傳來爭執的聲音，接著，突然聽到老闆娘的聲音。

「正木先生？你聽我說，今天是希美暑期鋼琴課的日子，我上午送她去了鋼琴教室，中午去接她時，發現她不在那裡。一問之下，鋼琴老師和櫃檯的小姐都說希美沒有去上課。怎麼可能有這麼荒唐的事？因為我上午開車送她到教室門口，但點名簿上真的沒有希美的名字。在仔細瞭解之後，發現希美下車之後，假裝去上鋼琴課，但其實並沒有進去教室。因為有學生看到希美一個人離開了，走向和我家完全相反的方向，當時她真的是一個人。姑且不論她是因為自己的意志想要去哪裡，還是有人約她去了哪裡。」

雖然還不清楚細節，但正木大致瞭解了狀況，所以鎮定地問：

「妳知不知道希美可能會去什麼地方？比方說，小隆的家裡？」

「我問了她所有可能會去的地方，」老闆娘似乎對正木的問題感到很生氣，中途變成了失控的激動聲音，「這還用你說嗎？如果她沒有去你那裡，我只能報警處理了。雖然我老公說，希美不可能去你家，也沒有理由去你家，但之前希美那麼喜歡你，你也曾經載她去兜風。也許今天你們也約好了，所以希美去了你家，這是目前所能想到的唯一可能。正木先生……」

「那就趕快報警。」正木沒有聽老闆娘說完，就立刻說道。

「……真的嗎？你不知道她在哪裡嗎？」

「趁現在還來得及，趕快報警。」

正木冷靜地說。

「我也會幫忙尋找，既然老闆娘這麼說，我會去附近找一找，希美會不會迷路了。」

老闆娘掛上了電話。

正木也放下電話，露出了沉思的眼神。他側身坐在矮桌旁，看著矮桌上相簿中的老照片。相簿旁雜亂地放著看書用的老花眼鏡、看到一半的書和最近看完的書，他的視線盯著其中一本特別厚的書的封面，好幾秒之後，才猛然回過神。

原本停在庭院內櫻花樹上的兩隻蟬接連飛走，正木聽到翅膀碰觸樹葉和樹枝發出的摩擦聲，猛然回過了神。

他走去臥室換上Polo衫和牛仔褲，抓起手機，回到客廳，把靠簷廊那一側的窗戶關起了一半。假日的時候，他向來不打開公司提供的手機電源。他看了手機螢幕上出現了時間，確認已經開機後，再度看了一眼矮桌上那本書的封面，才快步走向玄關。

他在附近找了三十分鐘後就放棄了。烈日下，他大汗淋漓地走在幾乎沒有人的馬路上，憑直覺知道這是白費工夫。希美已經不是以前的希美了，無法想像她因為找不到正木家而迷路的樣子。正木在中途放棄，站在樹蔭下，垂頭聽著蟬鳴聲，再度陷入了沉思。這次花了很長時間才終於回過神，他攔下了剛好路過的計程車，直奔小沼工務店。

老闆家的門沒有鎖。

他沒有打招呼，就直接進了門，穿上客用拖鞋後，沿著走廊大步走了進去。通往開放式廚房的門敞開著，老闆娘獨自坐在六人坐的餐桌旁，托著額頭，低頭坐在椅子上。她可能聽到了腳步聲，所以正木走進去時，她也並沒有太驚訝，移開托著額頭的手，抬起了頭。正木用眼神向她打招呼後，拉開對面的椅子。

「……正木先生，找到希美了。」

老闆娘臉上露出了哭笑不得的表情。

「我老公去接她了。」

「嗯，我剛才在辦公室那裡聽說了，聽說平安無事，真是太好了。」

「剛才真的很對不起，我在電話中語無倫次。」

「不，那倒沒事。」

正木真的認為那並不重要，也不在意找到希美之後，老闆娘並沒有立刻打手機通知自己。也許他們認定正木在休假日手機不開機，所以再度打去家裡的電話。也許老闆娘留在這裡就是在等正木。

「希美去東京有什麼目的嗎？」

「目的……？」老闆娘似乎有點在意正木的問話，微微偏著頭後移開了視線。

「……也對。聽你這麼一說我才想到，可能並不是單純的離家出走，搭電車剛好在濱松町下車而已，可能有什麼目的，但是，她去芝浦的辦公大樓到底有什麼事？」

「芝浦的辦公大樓？」

「希美是在芝浦一家公司的辦公大樓中被人發現的。她一個人走進大門，在那裡東張西望時被警衛叫住了。你應該知道那家建設公司的名字……」

不光是正木，誰都知道老闆娘說的那家業界最大的工程公司。

「妳不知道希美為什麼去那裡嗎？」

「完全不知道，我還打算向你打聽呢，雖然你可能覺得很煩。」

「既然連妳也不知道，我這個外人當然更不可能知道。」

「是啊，對不起。」

雙方都心有顧慮，無法直話直說。雙方都察覺到這一點，所以氣氛有點尷尬。老闆娘輕輕點了點頭，從椅子上站了起來，關起了開放式廚房和走廊之間的門。客廳內開了冷氣，所以室溫並不會太高。

「但是，比方說，」老闆娘背對著正木，從冰箱裡拿出麥茶的瓶子說，「我剛才突然想到，如果希美去的是你以前任職公司的大樓，我還能夠理解。」

「為什麼？」正木皺起眉頭。

「我只是打比方，也許你向希美提過以前的事，希美可能對這些事產生了興趣。也許她想看看你年輕時工作的地方，看看比我們這裡大很多的公司是什麼樣子。」

「興趣？希美對我的過去有興趣？」
「對啊。」
「開玩笑吧。老闆娘應該早就知道，希美對我失去了興趣。我覺得希美上了小學之後，對我漠不關心。」
「正木先生，並不是這樣。」
「更何況我從來沒有向希美提過以前的事。」
「你應該知道事實並不是你看到的那樣。」
老闆娘把麥茶倒進胖鼓鼓的圓柱形杯中，放在茶托上，放在正木面前，然後也在椅子上坐了下來。
「你應該知道，她並不是對你失去了興趣，並不是漠不關心，而是相反的情況。因為她刻意避開你。她以前那麼黏你，最近的態度和以前完全相反。我一直想要問你，你和希美之間是不是發生了什麼糾紛。所以今天打電話給你的時候，我還以為希美去了你家，想要和你和好，所以才會放棄鋼琴課。」
聽了老闆娘這番話，正木覺得有點不太對勁。有什麼糾紛？和好？說這種話，簡直就像把我當成那個小女孩的同學了。但是，正木並沒有把這種想法說出口。
「這是誤會，我和希美之間沒有發生任何事，沒有老闆娘想像的那種事……完全沒有任何需要和好的糾紛。」

正木喝著老闆娘端給他的麥茶。喝了一口之後，發現比想像中更有風味，而且突然覺得口很渴，所以喝了第二口，就把整杯麥茶喝完了。老闆娘並沒有起身為他倒第二杯麥茶，正在等待正木繼續說下去。她應該想要聽更具體的解釋。

「……雖然我說沒有任何糾紛，但也無法證明，所以只能請老闆娘相信我說的話。」

老闆娘並沒有說話，手上拿著裝了麥茶的茶杯，但只是低頭看著茶杯，並沒有拿起來喝。正木感到坐立難安，他知道希美從鋼琴教室失蹤時，老闆娘就對他產生了莫名的懷疑和妄想。是否應該明確告訴她，她完全搞錯了方向？告訴她必須在意更重要的事。但是，那真的是重要的事嗎？正木幾乎快迷失了搭計程車趕來這裡的目的。

「老闆娘，」正木把空杯子放在茶托上，看著她的眼睛說：「我想問一個奇怪的問題，可以嗎？」

「……？」

「那是希美出生之前的事。聽說妳在懷孕時，該怎麼說，肚子裡的希美曾經託夢給妳。那是真的嗎？」

正木等了幾秒，但老闆娘臉上沒有任何反應。

「請妳不要多想，我只是想瞭解事實。希美在妳肚子裡的時候，真的曾經拜託妳，希望妳為她取琉璃這個名字嗎？」

「真的啊。」

「啊？」

老闆娘的小眼睛瞇得更細了，幾乎就像睡著了。

「這個秘密是希美告訴你的吧？」她露出了笑容，「但其實根本不是什麼秘密，大家都知道。」

「大家？」

「說大家或許有點誇張，但其實並沒有刻意隱瞞這件事。而且的確有託夢這件事，我原本的確打算如果生下的是女兒，就要為她取琉璃的名字，結果我公公和我老公都很反對，說漢字的筆劃太多，而且字太難了，連大人都寫不出來，還說營造公司的孫女叫『琉璃』這種寶石的名字會被人嘲笑，最後只好打消了這個念頭。之所以當時沒有把這些事告訴你，是因為我老公貼心，因為琉璃這個名字剛好和你死去的太太同名。」

正木忍著口乾舌燥，只能看著對方僵硬的笑容。

「所以，事情就是這樣，希望你聽了不要生氣。託夢那件事和你完全沒有關係，我懷孕期間，希美託夢給我，說要取琉璃這個名字也和你死去的太太完全沒有任何關聯性。這件事很明確，所以是我老公想太多了，沒有關係的事被誤以為有關係也很傷腦筋。」

「沒有關聯性是什麼意思？」

「嗯，我的意思是，」

老闆娘說到這裡，喝了一口茶杯裡的麥茶潤了潤喉，她的臉上已經收起了笑容。

「當時，希美還在我肚子裡的時候，報導了那起車禍的新聞。就是在仙台發生的那起車禍，造成人員傷亡的重大車禍。雖說是重大車禍，但你應該並沒有注意到，我老公也沒有注意。因為每天都會發生車禍，除非是當事人，否則都會覺得和自己無關。但是，我在船橋，在這個家裡看到了新聞，受到很大的打擊。因為我在車禍喪生者的名單中，看到了我以前學生的名字。她的名字並不常見，所以不會搞錯。那時候我剛當上老師，在稻毛的小學，對第一次接的班級班上的同學留下了深刻印象……正木先生，你應該也記得那所小學吧？曾經有一段時間，你為了那所小學的體育館修繕工程，經常去那裡。那時候我老公還是專務，還有很多工人，你們在操場的櫻花樹下吃便當。那時候，我就是那個女孩的班導師……她叫什麼名字，我相信你已經猜到了。很巧的是，她和你死去的太太名字一樣，都叫琉璃，所以如果說和託夢有關聯性，我相信應該是那個琉璃。」

正木露出了凝望遠方的眼神。他看著老闆娘身後，似乎看到了以前的歲月。但實際上他看到的是老闆娘身後那個木紋很漂亮的橡木碗櫃、碗櫃上層門上鑲的玻璃，以及自己的臉反射在玻璃上模糊的影子。老闆娘自顧自地說了下去。

「那個女孩子，雖說是女孩子，但發生車禍當時，她已經十八歲了。因為她的死讓我很受打擊，所以才會做那個奇怪的夢。肚子裡的胎兒想要取琉璃這個名字，甚至引用了姓名由來的格言，說自己降臨人世之後，想要叫琉璃這個名字。這個夢聽起來很玄，周圍的人都這麼說，如今我也這麼認為，所以我剛才說，和你太太的名字沒有任何關聯性。因為我從來沒有見過你太太，在聽我老公告訴我之前，我也不知道你太太的名字。」

「稻毛喔，」正木嘀咕著，他似乎是脫口說了這句話。他的視線仍然注視著老闆娘身後碗櫃的門。

「正木先生？所以我老公發揮了貼心，說沒必要告訴你這件事，如果因為這個原因讓你想起你太太的事，擾亂你內心的平靜，那真的太可憐了。他是基於這種顧慮，所以沒告訴你。」

「是喔，原來是那所小學。」正木再度嘀咕著。從中途開始，他就對老闆娘說的話充耳不聞。

「……正木先生，要不要再為你倒一杯麥茶？」

「老闆娘，」

「是。」

「我曾經看過那個女孩，」正木說，「在仙台的車禍中喪生的那個女孩，我見過她。」

老闆娘已經準備站起來，屁股懸在半空，聽到這句話驚訝不已，趕緊用右手抓住椅背角落維持身體平衡。傾斜的椅子有一隻椅腳懸空，椅子放穩時，地板發出了重重的聲音。

「我知道那個女孩。」正木又重複了一次。

那條學生上下學的通學道路是單行道，之前他在駕駛座上看到希美吐出舌頭的笑臉時產生的既視感確有其事。也就是說，那並不是心理作用，而是過去真的曾經看過另一個女孩用相同的方式發笑。

正木的腦海中鮮明地回想起當時的記憶。

那時候，他進入小沼工務店後不久。在當時老闆的命令下，在工作上輔佐不久之後，成為第三代老闆的專務董事。那次負責的是小學體育館的修繕工程，具體來說，就是重新裝修遭到颱風破壞的外牆和一部分窗框，並全面改建之前就很老舊的用具倉庫。為了這項工程，連續四個星期都前往稻毛。

正木就是在那裡遇到了她——小山內琉璃。

有一天，午休結束，他走去體育館的途中，經過一個女學生的身旁。那個女生穿著運動服，聳著肩膀，將手肘架在單槓上，整個人背靠在單槓上。這個姿勢既拘束，但又好像很放鬆。她的個子並不高，靠在最低那根單槓上，嘴裡哼著什麼歌。正木聽過這首有點哀傷的旋律，莫名地激發了他內心的懷念。雖然是一首懷舊的歌，但他想不起歌名。正木停下腳步，笑著向她打招呼。「妳好。」看向她運動衣胸前的口袋。口袋上縫了一塊布，上面用麥克筆寫了學生的名字。

正木看了她姓名的五個漢字，停頓了一、兩秒後，再一次露出了笑容——這次是為巧合感到高興——問她：「琉璃妹妹，妳唱的這首歌叫什麼？啊，不好意思，嚇到妳了。」正木向她道歉，「我聽過妳唱的這首歌，歌手叫什麼名字？」

「黛順。」那個女生回答。

「是喔，原來是黛順。」

正木向她道謝後，走向體育館的路上，也想起了那首歌的歌名。那是黛順的〈夕月〉。他又走了兩、三步，才發現奇妙的事。黛順？黛順的〈夕月〉是多久之前流行的歌？那個叫小山內琉璃的小學生到底幾歲？正木轉過頭，發現對方也轉頭看著他。兩個人的視線交會，女生搶先移開了視線。

就在這時，她吐出了舌頭。在她移開視線的瞬間，正木看到她吐著舌頭笑了起來。她聳著肩，維持雙肘架在單槓上的姿勢冷笑著。或許是因為她的姿勢看起來有點裝腔作勢，所以這個照理說很孩子氣的表情，在正木的眼中完全不像是小孩子應有的表情。正木很自然地聯想到過去親近的人露出的笑容。

（那當然是和這個女生名字相同的妻子的笑容。）

正木轉過頭，側身站在那裡，看到了縮小的琉璃的幻影。變成小女孩樣子的琉璃露出了掩飾失敗的淡淡笑容。琉璃的歌聲也在耳邊響起。黛順的〈夕月〉不是琉璃生前愛唱的歌嗎？在廚房洗碗時，在晾衣服、摺衣服時，在洗浴缸時，妻子不是會在身體和心情都不錯的時候，哼唱以前的流行歌曲嗎？自己不是聽著她哼歌，心情也跟著放鬆，有時候忍不住訝異，她到底遇到了什麼開心事，忍不住想要哼歌？

他轉過身，準備後退走去琉璃身旁。

但是，琉璃的動作快了一步。她的雙肘離開了單槓，沒有看正木一眼，就跑向操場去找其他同學了。

正木面對老闆娘，想起了當時的事。

他想起那次之後，又曾經多次遇見那個叫琉璃的女生，但每次看到她，心裡就很難過。小山內琉璃沒有再對他露出舌頭笑，也沒有對他露出任何笑容。有時候正木遠遠看到她，對方似乎搶先一步察覺到正木的影子，拒絕和他見面，轉身一直和其他同學在一起。正木以為那個女生覺得自己可怕，所以不再靠近她，也不再試圖和她說話。她吐出舌頭的笑容讓他聯想到妻子，而且名字也一樣，因此讓自己產生了懷念和特殊的親近感，就只是這樣而已，自己並不是對幼童產生戀愛感情的變態。

然而，如今面對老闆娘，正木有了和當時不同的想法。當時，那個女生討厭自己，刻意避開自己。這一點毫無疑問。但自己並沒有糾纏對方，也沒有積極接近對方，她有什麼理由如此強烈地拒絕自己，這麼明顯地避開自己？她靠在單槓上誠實回答了我的問題，之後又吐舌笑了笑，這樣的態度和之後過度的拒絕態度不是很矛盾嗎？簡直就像希美之前和現在的態度變化，完全超越了常識能夠理解的範圍。

他喝著老闆娘為他倒的第二杯麥茶，但並沒有一口氣喝完，而是小口喝著，很快放回了茶托。

那個叫小山內琉璃的女生當時讀幾年級？和希美目前差不多，還是比希美高一、二年級？假設她當時九歲，去那所學校做體育館工程的是幾年前？是妻子死後幾年？希美在小山內琉璃在車禍死亡的那一年出生。

小山內琉璃會不會在正木琉璃死去那一年出生？假設真的如此，這件事是否代表了什麼意義？一連串的意義。三個人都會吐著舌頭笑，三個人都用相同的笑容避開自己。如果自己現在說這件事，老闆娘會露出怎樣的表情？

「老闆娘，」正木開了口，「我想起很多細節。我見過那個女生，也知道她的名字。小山內琉璃……她是不是叫這個名字？我的記憶沒錯，她後來和她母親一起在隧道內的追撞車禍中喪生，我記得妳剛才提到的那起車禍。」

正木剛才沉默不語時，老闆娘拿起手機，顯得心神不寧，她一直在意時間。她抬眼看著正木，臉上已經露出了困惑的表情。

但是，正木自顧自地繼續說了下去。

「但是，在今天之前，在這一刻之前，我從來沒有把這件事和那件事結合起來思考。這件事和那件事就是指名叫小山內琉璃的女生，和希美的事。雖然在過去，不，在更遙遠的過去，就已經出現了應該把她們兩個人結合在一起思考的現象，但我完全沒有發現，沒有看清事實。」

老闆娘並沒有太大的反應。即使她想要反應，也無法理解正木一臉嚴肅的表情想要說什麼。正木再度喝了一口麥茶。

「這就是被現實『驅逐』的經驗。」

「啊？」

「我們生活的世界，不是只有一個現實嗎？如果同時有好幾個現實，那就真的傷腦筋了。據說人的知覺經驗是靠唯一現實的明確印象『建構』起來的，因此，無法和唯一現實的感覺調諧的經驗就會遭到『驅逐』，也就是說，大腦會否定，當作不曾發生。這是我從書上現學現賣的知識，但我認為從我記憶中漏失的事實完全符合這種情況。我相信老闆娘，妳遇到的情況也一樣。」

「正木先生，不好意思，我聽不懂你的意思。」

「老闆娘，就是託夢的事。」

正木剛才說，是從書上現學現賣的知識，那是一本書名中有「哲學」兩個字的書，還有另一本他最近很熱中的厚書。正木打算和老闆娘談這些事。

「妳經歷過的託夢經驗，肚子裡的胎兒說想要叫琉璃這個名字的事實，雖然妳剛才說沒有關聯性，但我認為和我的妻子琉璃有關。不，當然也和名叫小山內琉璃的女孩有關。我的妻子正木琉璃和小山內琉璃，還有希美，她們三個人因為琉璃這個名字連在一起。」

正木說完後等待片刻，但沒有等到任何反應。

「我能夠理解妳很驚訝，但是，只要這麼一想，剛才所說的事實和現實的感覺就可以調諧。三個琉璃連在一起，如果不這麼想，就無法解釋目前發生的事，不管是我，還是老闆娘都一樣。」

老闆娘誇張地眨了兩次、三次眼，似乎感到極度不安。她原本想要說什麼，但最後沒有說出來，將注意力集中在響起的手機上。

打電話來的是老闆。正木小口喝著麥茶，等待他們夫妻談話結束。

「當然，我並不是很確定。」

看到老闆娘掛上電話後，正木對她說。

「除了名字以外，沒有任何明確的證據，但我認為她們三個人連在一起。」

「希美肚子餓了。」老闆娘打斷了他，「在她回來之前，我必須做點吃的。」

「……喔，是啊，這樣比較好，請妳為她做點吃的，但希美回來時，我也會去車子旁迎接她，請妳注意觀察她的表情和態度，觀察她是否會看我一眼。」

「正木先生，」
「老闆娘，妳不是說，希美最近的態度和以前完全不一樣了嗎？以前那麼黏我，現在突然避著我，這不是很奇怪嗎？妳能夠解釋原因嗎？如果我和希美之間，曾經發生過妳猜測的糾紛也就罷了，問題是完全沒有。我可以向妳發誓，我從來沒有用那種眼光看過希美。」
「但是，正木先生，」
「難道妳不覺得奇怪嗎？五月她住院之後，一切都變了樣。那次發燒之後，她發生了難以用常理想像的事。」
「雖然你這麼說，」老闆娘用力深呼吸，然後慢慢吐了出來，這是自我控制的呼吸法。「對不起，我知道你沒那個意思，我擔心的是我女兒情緒不穩定。也就是說，我在意的是一個小女孩被成年男人注視時的感受。七歲正是敏感的年紀，也許會因為某個契機，認為男人用那種眼光在看她，對方的男人可能根本不知情。對不對？即使你完全沒有這種想法，但沒辦法斷言絕對不可能發生這種狀況，對不對？」
「不可能。老闆娘，妳應該也發現這種說法很牽強，這不是成年男人的視線問題，更何況我並沒有戀童癖。」
「這……」老闆娘的臉抽搐著，「我根本沒這麼說，你沒聽到我說的話嗎？」
「我聽得很清楚，也能夠理解妳的擔心，只是妳的擔心搞錯了方向。」

「別再說這些了。」

「好，我也不想談這些。」

正木想談他最近看得很入迷的書，想談那本書上提到的世界各地的案例，談談那些案例和希美在發燒之後的變化有共同點。正木正在找機會向老闆娘提起那本書名中有「前世」這兩個字的書。

「總之，這很不尋常，希美身上發生了異樣的變化。」正木說，「我認為她不是討厭成年男人的眼光，對她來說，那並不是問題，問題在於我是我這件事。她特別想要避開的是正木龍之介的視線。」

「特別喔，」老闆娘用不屑的語氣抓住了他的語病，「如果是這樣，那又是為什麼呢？」

「為什麼？因為她不想讓人知道她身上所發生的事，她害怕被人識破目前她身上發生的現象。希美想要隱瞞她和正木琉璃、小山內琉璃連在一起這件事，所以特別避開曾經是正木琉璃丈夫的我。」

老闆娘再度深呼吸後慢慢吐出來。

「連在一起、連在一起，你說了好幾次，到底是怎麼回事？是怎樣連在一起。」

「我想、那應該是，」正木思考著措詞，「應該是生命。」

「生命？你說的是生命？」

「對，是生命。」

老闆娘的嘴唇之間露出了牙齒，她的臉頰肌肉緊繃，眼睛瞇得好像快睡著了。她似乎想要笑，卻笑不出來，結果變成好像狗要吠叫的表情。

「她們的生命連在一起是什麼意思？」

「簡單地說，希美既是正木琉璃，也是小山內琉璃，我想應該是這樣的意思。」

「……」

「就是生命的接力。同一條生命，在正木琉璃死後，由小山內琉璃繼承。小山內琉璃死後，再由希美繼承，差不多就是這種感覺。這當然只是假設，只是以我的直覺，希美不僅回想起小山內琉璃時代的記憶，也想起了正木琉璃時代的記憶，所以認出了曾經是她丈夫的我的臉……請妳不要這麼驚訝。」

「啊？正木先生，你在說什麼啊？」

「不，老闆娘，所以我說了，並不是有百分之百的把握，也沒有明確的證據，但是，如果這麼想，或許可以解釋希美今天奇怪的行為。希美在小山內琉璃時代的記憶引導下，換一句話說，是在前世記憶的引導下，去拜訪和自己有某種關係的地方，也許那就是芝浦的那棟辦公大樓。」

「前世！」

「不，芝浦的那棟辦公大樓可能和前前世的正木琉璃有關，只是我不知道而已。

前世聽起來似乎荒誕無稽，但世界上有很多小孩子有關於前世的記憶，根本不是什麼稀奇的事，也有很多人進行研究，也寫成了書。」

「前前世？」

「這只是假設而已。前前世只是我暫時用的詞彙。老闆娘，如果要用理論來說明現象，就必須適應一些陌生的表達方式。請妳先平靜，目前我還沒有十足的把握斷言轉世的構造，或者說是謎團，以及芝浦辦公大樓的事，可以在只有妳們母女兩個人的時候，妳親自問她一下。我猜想希美回家之後，連正眼都不看我一眼，就會直接去二樓。」

「夠了！」老闆娘大聲吼道。

正木不再繼續說下去。

「轉世？正木先生，你腦筋是不是有問題？……目前還沒有十足的把握？沒有把握斷言？這是當然的啊！任何人都不可能斷言絕對就是這樣或是那樣。怎麼可能有前世或是前前世這種不合乎科學的事！」

老闆娘不由分說地斷言。室內一片寂靜。

正木只能咬著嘴唇，低下了頭。他難以想像七年前，在懷孕時曾經被託夢的女人會說出「怎麼可能會有不合乎科學的事」這種話。原本以為希美周遭的大人中，只有能夠寫出琉璃這兩個漢字的這個母親最能夠理解這件事……正木坐在寂靜的開放式廚房的椅子上，雙手放在腿上，低頭聽著客廳的冷氣運轉的聲音。

「你該不會曾經用剛才那些話教唆希美吧？」

正木搖了搖頭。

「怎麼可能教唆……？雖然我很想直接問她，但她最近甚至不看我一眼。」

「絕對不可以，也請你不要再對我說剛才那些荒唐的話。」

這聽起來像是最後通牒，繼續說下去，應該只會導致事態更加惡化。

老闆娘拉開椅子離開了餐桌旁，背對著正木，把冰箱開開關關之後，開始為希美做料理。她拿出菜刀，在砧板上切菜時，正木也終於從椅子上站了起來。

「我去辦公室等。」

正木對著老闆娘的後背說，老闆娘沒有回答。他打開門，準備走去走廊之前，依依不捨地回頭看了一眼，希美的母親身體前傾，盯著手上的高麗菜切菜。

正木想的沒錯，希美坐著老闆開的車回家後，完全沒看上前迎接的正木一眼。

緊貼在希美身旁的老闆娘對他露出了既像是警戒，又像是警衛的銳利眼神，他不得不忍受這種屈辱。老闆娘顯然認為，如果有人失常，比起自己的女兒，正木龍之介更有問題。

沒多久之後，希美再度背著母親失去了蹤影。

這一次，她去了正木龍之介的家。

這天正午左右，門鈴響了。正在廚房的正木接起了對講機，冷冷地應了一聲：「哪位？」對講機中傳來叫著「龍之介叔叔！」的活潑聲音，那個聲音又接著說：「我是小沼希美。」

正木趿著拖鞋衝出玄關，沿著被恣意生長的草皮和雜草吞沒的踏腳石來到門口，用力打開了已經不聽使喚的木門。

希美果真站在門外。

她戴了一頂繫著緞帶的草帽，這頂新草帽的帽緣不是水平，而是呈波浪形。其實那是一頂看起來像草帽的合成材質帽子，正木當時以為是真的草帽。

「龍之介叔叔，你好，」編著麻花辮的少女說，「你現在時間方便嗎？我可以和你說幾句話嗎？」

她只有帽子是新的，身上穿的是舊衣服。洗了多次，已經有點褪色的橘底T恤，下面是一件洗了多次，變成是灰暗水藍色，或者說是陰天色的短褲。

「龍之介叔叔？」

「……喔，希美，妳好。」

「我可以進去說話嗎？」

之前那樣明顯避不見面的希美，如今就在伸手可及的地方，抬頭看著正木說話。她主動找上門，看著正木的眼睛，央求和他說話。正木驚慌失措，當場蹲了下來，用手指抓著剛才走過來時，被雜草刺得很癢的腳踝。和正木的拖鞋相比，吞噬眼前這個少女雙腳的球鞋，只有不到一半的大小。當他蹲下來時，兩個人的視線剛好在相同的高度。

「希美，怎麼了？」正木問。他覺得口乾舌燥，所以吞著口水，「妳一個人來這裡嗎？搭公車來的嗎？」

希美點了點頭。

「因為我擔心你。」

……擔心？正木用食指和中指的指甲輪流抓著腳踝周圍，努力思考著。雖然他驚慌失措，但似乎早就預料到會有這一刻，只是沒想到是今天，沒想到當他在廚房準備煮拉麵時，突然面對這一刻。

「擔心什麼？」

「因為你一直休假，我擔心你是不是生病了。」
他覺得自己也早就料到了希美會來這裡，會說這種不攻自破的謊言這一幕。
「因為我向公司請假，所以妳來看我嗎？」
「嗯。」
這幾天，許多思考、妄想，或是可以稱為白日夢盤旋在腦海中揮之不去，這些以過去的記憶為基礎推斷出來的未來（非科學）可能性中，似乎也包括了眼前這一幕。他早就知道會有這一刻。正木的另一隻手拔著旁邊的雜草，絞盡腦汁思考著。
因為希美雖然有著希美的外形，卻同時也是曾經是自己妻子的正木琉璃。因為在希美周遭的大人中，只有自己能夠理解發生在她身上的現象。雖然她內心可能希望遠離我，但和內心相反，當她在現世以小孩子身分，無論如何都無法得到想要的東西，當她為此一籌莫展時，能夠求助的大人，能夠助她一臂之力的人只有自己。現在就是這樣的時候，這個少女需要自己。
「好！」正木吆喝一聲後站了起來，拍了拍雙手，然後把手扠在腰上。
「是喔，希美，原來妳來探視我啊。」
「嗯。」
「既然這樣，」正木露出促狹的眼神，「妳有帶探病要送的哈密瓜嗎？」
隔了幾秒，希美面無表情地垂下肩膀，吐了一口氣。趕快露出舌頭笑一笑啊。正木心想。

「希美，妳一開始說，有話要和我說，這不是和妳說來探視我矛盾嗎？」

「說話兼探視。」

「原來是說話兼探視啊。」

「嗯，說話是說話，探視是探視。」

「拜託是拜託。」

「啊？」

「琉璃，」正木說。

他說這兩個字，不像是在叫人名，更像是打開魔法秘密大門的咒語。但是，這兩個字並沒有在少女身上發揮效果。穿著及膝短褲和背心的男人改了口。

「妳要我做什麼？」

「龍之介叔叔，我們可以進去再談嗎？」希美手上拎著上游泳課的拎包，向正木的方向走了一步，「在這裡會被鄰居看到。」

當希美走進來時，正木走到門外，輕輕抓著希美的肩膀，悠然地左右張望了一下。

「沒有人，天氣這麼熱，大家都在家裡。」

「等一下會有人經過。」希美扭著身體，擺脫了正木的手，走向庭院門的內側。

「即使有人經過，我也無所謂啊，是妳會傷腦筋吧。」

正木站在原地不動，等待希美轉過頭。

「妳是不是瞞著爸爸、媽媽來這裡？我相信小沼家現在一片混亂。這是妳第二次離家出走，這次再被找到帶回家後，就會把妳鎖在自己房間軟禁了。我也可以現在打電話去妳家通知一聲。如果妳不希望我打電話，就好好回答我的問題。」

希美脫下帽子，用手背擦了擦額頭的汗，又戴好草帽，搖了搖頭。

「這等於在自掘墳墓。」

「……？」正木雙手扠腰，上半身微微前傾，注視著希美的嘴。

「我認為你最好不要打電話，因為小沼家早就陷入了混亂。家裡最重要的員工突然說希美是死去的妻子轉世，結果讓媽媽變得歇斯底里。之後又不來公司上班，早就一片混亂了。媽媽要求爸爸趕快開除腦筋有問題的人，爸爸和爺爺不知道該怎麼辦。媽媽的血壓高了，心跳也加快，揚言再也不想看到你。正陷入被害妄想，擔心你哪天會綁架我。你在這種情況下打電話，在電話中說希美在你這裡，簡直就像綁匪啊。」

說話的是希美，但正木無法認為希美在說她自己的話。

「會變成綁匪，」希美又重複了一次，「如果被人看到，龍之介叔叔，你會受到冤枉。」

「別胡說八道，我怎麼可能會被冤枉成綁架妳。無論別人怎麼想，我都要打電話，告訴妳的父母，妳在我這裡。妳倒是想一想，我有什麼方法可以把妳騙來我這裡？妳之前對我置之不理，即使我騙妳來這裡，妳也不會理我，是妳自己主動來找我的。只要從頭說明清楚，就可以澄清老闆娘的誤會。」

「希望如此。」

「妳不必為我操心，妳自己呢？妳第二次離家出走，大家會怎麼想？妳今天來這裡有什麼目的？來探視龍之介叔叔，然後兼說話嗎？妳可以向妳媽媽解釋，到底要和我說什麼嗎？如果實話實說，妳媽媽的血壓不是會更高嗎？喂……妳剛才笑了吧？妳剛才吐了舌頭？」

正木看到希美在草帽波浪形帽簷下的雙眼閉了起來。

正木聽著鄰居家的庭院和自家庭院內的蟬鳴聲，靜靜等待著。

「……那好吧。」

「什麼好吧？」

當正木在門外反問時，希美把拎包拿在右手上，左手在拎包裡翻了起來。

她從拎包裡拿出一本很薄的小冊子。正木一眼看到了那本小冊子的名字。這本三十二開大的小冊子他看了多年，所以很熟悉，那是在關東地區以一圓的價格，針對建築業相關人員發行的業界專業雜誌。每個月會發行一本，小沼工務店的書架上也有每一期的小冊子。

他從希美手上搶過那本小冊子，上面並沒有特別的地方。一看封面，發現是上個月發行的。正木翻開銅版紙的封面，翻了幾頁廣告，隨意看著目錄。報導的內容有建築業聯合會、公共事業費刪減、政權輪替這些了無新意的文字，但希美不可能對這種內容有興趣。他一隻手舉起了小冊子，用眼神問希美，這本小冊子怎麼了？

「我希望你代我打一通電話，」希美拜託他，「打電話到這上面的一家公司。」

正木再度看著手上的小冊子。

把小冊子翻到封底，發現那裡分成上下兩段，分別刊登了大型建築公司的廣告。上段的那家公司名字引起了他的注意。那家公司在縣內的分公司就在千葉市，東京的總公司大樓就在港區。一定就是芝浦那棟辦公大樓，也就是希美第一次離家出走的目的地。

「我希望你幫我打電話去那裡。」希美拜託道。

打電話去這裡？正木把封底出示在希美面前，然後在心裡嘀咕，妳要我打電話去妳被警衛趕出來的這家公司？

「打電話去幹什麼？」

「要找一個在那家公司上班的人。」

「找？什麼意思？」

「目前他不在東京的總公司，所以希望你打聽一下，他目前在哪一家分公司。」

正木終於瞭解了她拜託的事所代表的意義。她自己打了電話，查出那個人不在總公司，之後無法靠自己突破，所以上門尋求他的協助。

「那個人叫什麼名字？」

「三角哲彥。」

「他是誰？」

希美沒有回答。

「年紀呢？」

「大約四十五歲左右。」

「妳和他很熟嗎？」

「嗯。」

「妳以前就認識他嗎？」

車子的聲音緩緩靠近，只聽到引擎和輪胎摩擦乾燥地面的聲音。一輛宅配的貨車和一輛轎車接連駛過正木的身後。車子按了兩聲喇叭，道路前方傳來狗吠聲。

「回答我的問題。」

「嗯，我認識。」

「多久以前認識的？」

希美再度默不作聲。

「三角哲彥到底是誰？」

正木焦急地自言自語，隨即緩緩點了兩次頭。

「不管他是誰，我都可以幫妳的忙，但即使直接打電話去那家公司也沒用，一定會被掛電話。我告訴妳，這種時候，大人就會找關係，找人脈。小沼工務店不是承包過這家公司的業務嗎？……所以千葉分公司內，有好幾個我認識的人，我會不經意地打聽一下……可以用善意的謊言，說我以前在東京時，他們公司有一個叫三角哲彥的年輕員工……我們曾經一起喝酒。不知道他最近好不好，不知道他目前在哪家分公司……就用這樣的方法。」

她在草帽下的臉頰泛著紅暈。

正木發現她泛著紅暈的臉頰漸漸放鬆。承包、千葉分公司、善意的謊言。正木在說這些話時，發現自己中了對方的計。眼前這個孩子預料到事態會這樣發展，才會來拜託自己。她會上門，就是打算靠自己的人脈關係找到那個人。因為一直站在大太陽底下的關係，正木的臉也漸漸發熱，臉頰比眼前的少女更紅。他因為心生嫉妒，所以覺得眼前的孩子露出孩子氣的喜悅表情很討厭，那是對她想要找的那個叫三角哲彥的男人所產生的嫉妒。

「琉璃，」正木叫著她。

咒語還是沒有奏效，正木不以為意。

「我說琉璃，」

他充滿信念地對亡妻說話。

「那個姓三角的人是怎樣的朋友？妳到底在哪裡認識他的？妳別再裝了，我知道妳就是琉璃，趕快現出妳的真面目，堂堂正正，以琉璃的身分和我說話。妳在結婚前就認識他嗎？還是在結婚之後認識的？」

希美抖了一下，抬起頭，看到宅配員不知道什麼時候站在正木身旁，嚇了一大跳。她和正木視線交會後，再度垂下了雙眼。正木內心燃燒著晚了二十五年的嫉妒之火，完全看不到周圍的情況。

「到底是什麼時候？」正木大聲地說，「不管是婚前還是婚後，妳和他上床了嗎？一定上了床吧。是不是上了床？琉璃，回答我。妳是不是瞞著我和他出軌？」

希美低頭不語，正木窮追不捨。

「是喔，原來是這麼一回事。我終於瞭解了！原來那張離婚協議書是這麼一回事。原來在妳死的時候，皮包裡那張離婚協議書背後有這樣的故事。妳真是個賤女人！這是嚴重的背叛！琉璃，妳知道警察給我看那張離婚協議書時，我是怎樣的心情嗎？妳倒是想像一下啊！」

這時，太陽躲進雲後，蟬聲靜了下來。正木發現了站在他身旁的宅配員。

「你想幹嘛？」

正木質問眼前這個小學女生：「妳在結婚前就認識他嗎？還是在結婚之後認識的？」這個問題時，身穿黃綠色制服的年輕人就已經站在那裡，只是沒有吭氣。他去隔壁送貨，因為鄰居家沒有人，原本想來問正木，是否可以請他幫忙代收。

「不，我沒事。」

「沒事就閃一邊去。」

太陽又露了臉，蟬聲如雨。

宅配員被身穿背心的高大男人喝斥後，垂頭喪氣地走回停在路旁的貨車。年輕人剛才看到的場景無法和現實感覺調諧，他打算從記憶中驅逐。

「但是，我……」希美嘟著嘴，平時那雙好像沒睡醒的小眼睛露出銳利的眼睛，吊起眼睛，一臉好勝的表情，看起來和平時判若兩人。

「妳就是琉璃，」正木逼近她，「我不會原諒妳背叛我的行為。不，不光是妳，也無法原諒那個男人。妳毀了我的人生，我是認真的，我不會原諒你們，絕對不原諒。」

「雖然你說我背叛你，」正木情緒激動地喘息時，希美小聲地反駁，「是你先背叛了我。」

這一句話說明一切。讓正木的現實和眼前這個少女的存在完美調諧。他的腦海中閃過了妻子的字條上寫的那句話。安格妮絲．林打電話來家裡。

「跟我來。」

正木握住了希美的手臂。

「我就如妳的願打電話，找到那個男人的下落。」

在道路前方掉頭的宅配貨車緩緩經過門前，駕駛座上的年輕人和希美的視線交會了三秒鐘。

「好痛，不要動粗。」

「我來查清楚那個傢伙的下落，我們三個人一起見面。我要親眼看看那個男人，做一個了斷。」

正木用手臂抱住了希美的身體。

希美驚叫起來，下一剎那，正木粗壯的手臂就輕輕鬆鬆地把她抱了起來，好像夾著包裹般夾在腰側，走向正木家的玄關。

然後就發生了那起事件。

正木龍之介引發的那起可怕的事件。

也就是綠坂琉璃口中的「八年前的事件」。

小山內堅對綠坂琉璃說的八年前事件的概況——當時成為重大新聞的「船橋女童綁架事件」有模糊的印象。

只是他完全不記得遭到綁架的女童名字，以及綁匪的姓名和職業，只記得那起事件發生在盛夏季節，單身的綁匪將綁架的女童關在車內，長時間逃亡後遭到逮捕。小山內還記得綁匪在東名高速公路某個休息區遭到逮捕前，女童就不幸死亡的悲慘結局。

小山內之所以清楚記得是在夏天發生，是因為八年前，在報導那起綁架事件時，正是和綁匪有著相同境遇的小山內，在對小孩子的問題上特別敏感的時期，遇到了荒谷清美和瑞樹母女。綁架事件的記憶和她們母女身上穿的夏季衣服的記憶重疊在一起。

在小山內的記憶中，荒谷清美當時穿了一件無袖的白色襯衫，地點位在八戶市區的超市停車場。只不過最先出現在小山內面前對他說話的並不是清美本人，而是她的女兒瑞樹。當時，荒谷瑞樹還是小學一年級的學生，也就是和遭到綁架的女童同年，因為踢足球的關係，所以皮膚曬得很黑，剪了一頭好像男生般的短髮，說話乾脆俐落，無所畏懼。

「叔叔！」她叫著小山內，「你剛才是不是看到了？」

小山內不知該如何回答，更令人驚訝的是，這個陌生女孩竟然抓住了小山內的手腕，逼問他：「叔叔，你是不是看到剛才那輛逃走的車子？」女孩穿了一件淡藍色的短袖襯衫和短褲……不，那好像不是便服，而是足球隊的制服。

小山內剛從超市採買完畢，但並不急著趕回只有老父老母等待的家，就坐在可以看到整個停車場的長椅上抽菸打發時間。因為他腦袋完全放空，所以在女孩這麼問他之前，他完全沒有意識到自己一直看著在停車場肇事逃逸的那輛車子。女孩的小手抓著他的手臂搖晃著，小山內忍不住想，在船橋被變態綁架的女孩也差不多是這個年紀，個子應該也差不多。如果是這麼不怕生的女孩，不需要費太大的力氣就可以把她擄走。當他內心浮現這種輕率想法時，荒谷清美慌張地跑了過來。

「怎麼樣？」綠坂琉璃問。

她趁母親走出去接電話之際，告訴了小山內八年前的綁架事件，喚醒了小山內模糊的記憶，又唐突地問：「怎麼樣？」這個讓人不知該如何回答的問題。小山內中斷了對八戶的回憶，有一半是自言自語地說：

「正木龍之介是那起事件的綁匪嗎？」

「是啊。」

「……綁匪載著那個讀小學的女童逃逸，堅稱女童是自己的妻子，完全不聽警方的勸導。」

「是啊，還上演了警匪追逐。」

「警匪追逐？」

「小山內先生，你應該知道，正木並不是堅稱希美是自己的妻子，正確地說，他聲稱希美是自己的亡妻。你應該已經知道了吧？我是今年才知道的，八年前的電視和報紙，都把正木描寫成蘿莉控的變態。正木遭到逮捕之後，也有人向警方和媒體爆料正木這個人的品性。說他以前是智商很高的小孩，結果因為沉迷賭博而身敗名裂。還有人說在那起事件發生之前，他的言行就很詭異。事實上，因為正木的抵抗，也有員警受了傷，他們親眼目睹了綁匪離奇古怪的行為，所以很難辯解。」

「……所以那個人，正木琉璃的丈夫因為綁架罪和殺人罪，至今仍然關在監獄嗎？」

和綠坂琉璃直率的態度相比，小山內覺得這個問題太理所當然，簡直沒有什麼意義，但對方立刻搖了搖頭表示否定。

「他並沒有被追究殺人罪，因為希美並不是被他殺死的，而是意外身亡。而且，正木龍之介已經不在監獄了。」

被害的女童意外身亡是怎麼回事?正木龍之介不在監獄,又會在哪裡?小山內想要問綠坂琉璃,陷入了猶豫。他總覺得比起這些事,他應該要問其他事。其他更重要的事。

「我相信你記錯了,正木並沒有殺人。因為他們是在去名古屋的途中發生了意外。意外是因為希美自己不小心,雖然對員警動粗的正木也有錯,但希美也有過錯,她自己衝到馬路上。」

「……」

「你應該知道他們為什麼要去名古屋。」

「因為八年前,三角在名古屋的分公司。正木和那個女孩開車去名古屋,是為了和三角見面嗎?」

「是啊。」

「我記得電視的新聞報導中說,綁匪威脅女童,開車帶著女童長時間逃逸,漫無目的,從船橋一路開去很遠的地方,沿途只有去加油站加油而已。」

「那是新聞報導錯誤。八年前,查到了他在名古屋分公司任職,雖然是正木查到的,於是他們兩個人開車出發了。威脅女童和漫無目的都是錯誤報導。他們在出發前也打電話去了名古屋,正木打了電話,他接了電話,我也成為希美和他說了話。」

綠坂琉璃轉達了她親身經歷的事實。

她按照時間的順序，道出了唯一的事實。

就像在說明八年前，她曾經遭遇的事。

我也成為希美和他說了話。從她談論這件事的角度，就可以明確感受到這一點。

即使不用問，小山內也可以想像八年前，希美在那通電話中對三角說了什麼。就像七年前，從仙台打的那通電話中，小山內的女兒琉璃一樣，希美應該也對他說了相同的話——琉璃和玻璃，見光都生輝。

小山內試著想像接到電話的三角哲彥的感受。

綠坂琉璃察覺到小山內的表情，瞇起了眼睛，好像在鼓勵他，「沒錯，這樣很好。」琉璃和玻璃，見光都生輝——希美應該在電話中說了這句話。當時在名古屋的三角突然接到電話，突然聽到這句話。相隔七年，第二次聽到這句話。相隔七年，再次聽到了翹首盼望的暗號格言。

小山內回想起三角哲彥的臉。

三角哲彥在大型工程公司平步青雲，擔任總務部長。用荒谷瑞樹的話來說，就是很瀟灑脫俗的都市人。小山內回想起他自信滿滿，沒有絲毫含糊的說話態度。我接下來要告訴你的，並不是普通的回憶。三角當時這麼說，然後說出了一段小山內難以置信，簡直就像奇蹟般的故事。那個男人對這個故事深信不疑。無論相不相信，在希美死了八年之後的今年，琉璃第三次現身。這次成為名叫綠坂琉璃的陌生少女。三角這一次沒有錯過機會，成功地將埋葬在內心多年的夢想變成了現實。對三角哲彥來說，綠坂琉璃的出現是第三次真實，距離上次之後，又等待了多年的第三次真實。即使他告訴小山內的故事中，在第二次的電話那件事上，省略了整起綁架事件，對他來說，應該就是這麼一回事。

然而，三角目前並不在這裡。即使離約定見面的時間已經過了一個半小時，他仍然沒有現身。只有眼前這個少女能夠認同小山內的想像。

「如果他們當時能夠到名古屋就好了。」

綠坂琉璃淡淡地總結了八年前的事件。

「在通電話時，他答應如果希美去名古屋，他就會來見面。如果他們順利抵達名古屋，正木也許就不會被當成綁匪，如果希美和他，和哲彥向警方說明詳細的情況……即使向警方說明，可能也沒有人相信。不管是警方和周圍的人，應該都沒有人會相信。在大家眼中，一個成年男人開車載著一個小女孩出遠門，那就是綁架。希美的媽媽認定是這麼一回事，打電話報了警。即使這樣，也不能責怪周圍的人，小山內先生，你也這麼認為吧？」

「我現在才聽說這件事。」小山內也搞不懂自己為什麼要辯解，「不管是三角還是妳媽媽，都沒有提過綁架的事。」

「即使他們告訴你，你也會覺得是他們說謊吧？不認識的人突然來家裡說這種事，說那起轟動一時的綁架案，其實綁匪很正常，是周遭的人死腦筋，你非但不可能相信，搞不好還會動怒。所以當初媽媽說要去八戶時，我曾經制止她，因為我覺得沒必要把你捲入我和哲彥之間的事。只是媽媽不聽我的勸阻。媽媽覺得……她覺得你……」

綠坂琉璃難得吞吞吐吐，小山內猜想她應該要說什麼自己不願意聽的話，所以做好了心理準備，垂下了雙眼。這個少女將要用一句話表達自己和她的關係。

（……因為你是琉璃的，你是琉璃還是小山內琉璃時的爸爸。）

「因為你是，」小山內聽到了少女改口的聲音，「你是媽媽以前一位好朋友的爸爸。」

小山內抬眼看著綠坂琉璃。她喝著杯子裡的水，一手拿著用方巾包起的油畫，挺直了身體，看向小山內身後。

小山內也跟著轉頭看向身後，走出去打電話的女明星還沒有回來。

「小山內先生，」綠坂琉璃開了口，「我現在想到，你該不會來這裡之前就知道了？雖然你假裝不相信，但其實內心已經相信了，所以才會把這幅油畫找出來，來這裡和我見面。對不對？」

「這幅畫是偶然找到的，放在一堆舊東西中。」小山內淡淡地陳述事實，「雖然妳媽媽來找我時，說琉璃在高中時，曾經畫了一幅油畫，但我並沒有找，是我媽偶然發現的。」

「但是，我聽媽媽說，」綠坂琉璃立刻反駁，「你對那些有前世記憶的孩子很感興趣，你應該看了媽媽帶給你的那本書吧。」

在妳媽媽推薦之前，我就發現了那本書，也開始看那本書。那是因為公司的圖書室內有這本書，所以花了幾天的時間看完了，並不是有什麼特別的興趣。小山內原本打算據實以告，但少女接下來那句話讓他內心產生了動搖。

「是不是？那本書，和正木那時候看的是同一本。」

「……？」

「這個世界上，有很多小孩主張自己是前世的誰轉世重生，書上不是寫這些事嗎？」

然後，她正確說出了小山內看的那本書的書名。

「……正木？」

「對，就是這本書，他看的那本書上貼了很多便利貼，看得很投入。我覺得你和正木一樣，我忘了那句話要怎麼說，反正就是代表半斤八兩的那個成語。」

綠坂琉璃用很不恰當的字眼把小山內逼入絕境。

「一丘之貉。」

雖然這個字眼很不恰當，但小山內並沒有糾正她。

「……正木看了書之後，相信希美就是自己的妻子轉世嗎？」

「嗯，這就難說了，」綠坂琉璃微微偏著頭，「對他來說，可能不是相信轉世，只是接受了自己親眼看到的一切，一開始就接受了。我認為正木這一點很了不起，完全不是死腦筋。他是在之後才看書的。小山內先生，你的順序相反？」

如果順序相反，就是死腦筋嗎？小山內忍不住這麼想。那不如說他和正木是一丘之貉還比較好。

「既然已經接受了所看到的一切，為什麼還要看書？」

「我怎麼知道。」轉世的少女興趣缺缺地說，「也許是為了尋找自己並不孤獨的勇氣。只要知道世界上有其他人也看到了相同的現象，而且接受了這些現象，即使那些死腦筋無法理解，自己也並不孤獨。」

「所以正木，」小山內有點生氣地脫口說道，但說出來之後，不知道自己想問什麼。所以正木……怎麼樣？

「我相信他即使不看書，」少女將談話引導向正確的方向，「他也接受了希美轉世重生變成了琉璃，是第三代琉璃。小山內先生，你應該也知道吧？從地鐵意外身亡的第一代琉璃開始計算，希美是第三代，所以我是第四代琉璃。」

小山內當作沒聽到，問了其他問題。

「正木目前人在哪裡？」
「不清楚。」
「不清楚是什麼意思？」
「不清楚就是不清楚啊。小山內先生，我也是琉璃，是琉璃和玻璃，見光都生輝的琉璃，你聽到了嗎？」
「妳回答我，他人在哪裡？」
「我沒辦法回答死去的人會在哪裡這種問題。」
第四代琉璃斬釘截鐵地回答。
「我也不知道死後的世界是怎麼回事。」
站在桌旁的店員手拿不鏽鋼茶壺，想要為他們的水杯加水，聽到少女這番話感到困惑，看著小山內。小山內眨著眼睛，沉默不語地看著眼前的少女。
「啊，不用了，我們要走了。」
這時，旁邊傳來一個聲音，店員轉頭看向聲音傳來的方向，露出尷尬的笑容，微微欠身後離去。
「對不起，」少女的母親站在那裡，拿起皮包，把手機丟進皮包說：「原本打算聊一下而已，沒想到一聊就聊這麼久。我們走吧？」
「真崎先生的一下子每次都很久。」少女說。

「是啊，真傷腦筋。」母親說。

「正木死了嗎？」小山內確認。

接受過豐富表情專業訓練的母親聽了小山內的話，皺起了眉頭。

「是正木龍之介，」少女簡潔地說，「我剛才告訴了小山內先生，妳之前沒有告訴他。」

小山內看著被稱為媽媽的女明星，和十五年死去的琉璃曾經是閨中密友的綠坂唯問：

「妳為什麼沒有告訴我正木的事？」

綠坂唯並沒有移開對望的雙眼，對小山內說：「先離開這裡再說。」

12

八月的中元節後，綠坂唯拜訪了小山內。

距離三角哲彥上門差不多已經過了一個月。

這一天，小山內也不在家裡。上午的時候，荒谷清美開車去購物中心，小山內陪她去逛街買東西，吃了午餐，然後就心血來潮地邀她看了電影。看完電影，又一起走進咖啡廳，照理說應該討論對電影的感想，但不知不覺中聊到了晚餐的菜色，然後打算去超市購買小山內家冰箱裡沒有的蔬菜和肉，想起了八年前，在那個停車場發生的肇事逃逸事件，和拜那起事件所賜，他們認識的經過，強調了八年的歲月稍縱即逝。差不多從這個時候開始，清美開始聊起他們兩個人，正確地說，是包括女兒瑞樹在內三個人的關係不能繼續這樣拖下去，再加上還有小山內母親的關係。一聽到這個逃不開、避不了的話題，小山內突然感到疲倦。這時，在家裡陪小山內母親的瑞樹打電話來，用好像發生了天大的事的興奮聲音說——綠坂唯小姐來家裡，說要找小山內先生！

小山內和清美回家後，在玄關遇到了綠坂唯。雖然看起來像是等得不耐煩，正準備回家，但事實並非如此，而是瑞樹帶她去小山內家的墳墓掃完墓回來。她對著小山內深深鞠了一躬後，說了和上個月登門的三角哲彥相似的話。

「不好意思，沒有事先打招呼就當不速之客。今天來這裡，是有事想要和你談一談，不知道你時間方便嗎？」

十五年未見的女兒當年閨中密友，當然已經變成了和以前完全不同的成熟女人，但和在電視劇和廣告中看到的身影相比，眼前的她顯得很樸素。其實也不能說是樸素，只是一身的輕鬆打扮讓人聯想到她在仙台讀高中的時代。她穿了一件工作褲，大腿兩側分別有一個有袋蓋的大口袋。一頭短髮，臉上化著淡妝，渾身並沒有散發出值得瑞樹興奮激動的強大光環。瑞樹或許會說她脫俗，但小山內覺得她的打扮和走在八戶街上的女人沒什麼兩樣。

綠坂唯和小山內在七月接待三角哲彥時的佛堂面對面。兩個人單獨談了兩個小時。正確地說，並不是談話，而是小山內聽她說了兩個小時。瑞樹好幾次打開紙拉門，送麥茶和小毛巾進來，請她吃冰好的水果，並轉達小山內母親的旨意，邀她一起吃晚餐。綠坂唯每次都中斷談話，原本看著小山內的凝重嚴肅表情轉眼之間就變成了柔和親切的笑容。時而說「謝謝，不必費心了」的客套話，時而看著手錶說：「如果時間充裕，很想接受你們的好意……」當瑞樹走出去後，再度坐直了身體，皺起眉頭看著小山內。

三角在七月造訪時，已經提到了綠坂唯和她女兒的名字，所以小山內對這位女明星的來訪並沒有發自內心感到驚訝。他之前就預料到，可能會有一天，對方冷不防出現，而且也知道這個女明星登門的意圖。她之所以在百忙中抽出時間上門，是為了證實三角說的故事內容，是為了證明那些話都是事實。換句話說，只是為了重複小山內難以相信的故事內容。因為三角說，正木琉璃轉世變成了小山內的女兒琉璃，小山內的女兒琉璃又轉世變成了綠坂唯的女兒綠坂琉璃。

小山內的預測沒錯，女明星開始說轉世的事。

她用「預告夢」這三個字作為開端。「請問你聽說過嗎？」她問小山內。小山內雖然知道，但並沒有吭氣，也沒有在態度上表現出來。所謂預告夢，就是母親懷了轉世的孩子，在懷孕期間所做的夢。

綠坂唯說，她在懷孕期間，聽到肚子裡的孩子說，自己名叫琉璃。胎兒這麼對她說——我是妳也很熟悉的琉璃，希望妳能夠讓我再當一次琉璃，回到你們生活的世界……因為夢境很生動，不像是普通的夢，而且仔細聽那個聲音，發現真的就是以前住在仙台時的好朋友，小山內琉璃的聲音。

女明星在說預告夢時的表情很嚴肅，她又補充說，當時和她一起生活的丈夫一笑置之，然後就沒有繼續聊預告夢的話題。小山內聽完之後，仍然沒有吭氣。女明星又接著告訴他，當孩子出生之後，就為她取了琉璃的名字，但是名字用平假名表示，以及在琉璃三歲時，她和丈夫離了婚。去年年底，琉璃過了七歲的生日後，因為不明原因的發燒而躺在床上，在恢復之後，就出現了顯著的變化。這時，瑞樹端著裝了削好水梨的玻璃盤子走進佛堂，女明星頓時收起了嚴肅的表情，或者說是展現了用一眨眼的工夫改變臉上表情的演技。

在聽完之後，小山內仍然沉默不語。因為他還沒有決定該用什麼態度，如何來回應她。他知道對方是知情達理的正常人，一個月前，和三角見面時也一樣。即使面對面坐在黑色的矮桌前，也完全感受不到任何不正常的氣氛，更絲毫沒有進入異世界那種令人發毛的感覺。她只是陳述經歷過的事實，只是嚴肅地訴說背離常識的體驗。

小山內想起了四分之一世紀以前，住在稻毛的公司宿舍時代，妻子曾經告訴他的事。當時七歲的琉璃具備了很多看起來完全是不像出生之後學到的知識。當時，小山內覺得妻子說的話太可怕，所以完全無法接受，但無論是三角說的故事，還是綠坂唯的故事，都和妻子說的話有關，應該說是完全相同。妻子梢只是第一次向這個故事的入口張望的人，結果他們三個人都對小山內說了相同的故事。既然這樣——既然現在認為三角和綠坂唯很正常——當時的妻子不是也很正常嗎？

然而，小山內無意說這些話。他既沒有對三角說，面對綠坂唯時，他也不打算說任何事。因為他覺得即使自己說了什麼，也無法像端水梨進來的中學女生那樣，讓綠坂唯臉上的表情發生那麼大的變化。她一定會維持嚴肅的表情說：「你太太也果然發現了，和我想像的一樣。我早就知道這種事完全有可能。」

其實，小山內的妻子在懷孕期間，也曾經做過預告夢。

妻子也存在曾經做過預告夢的可能性。

之所以說是「可能性」，是因為妻子當時並沒有用「預告夢」這三個字，但腹中的胎兒的確曾經在夢中對她說話，她曾經親口告訴小山內。雖然當時琉璃還在妻子的肚子裡，所以已經是三十四年前的記憶，但小山內絕對不會忘記。

因為當時妻子梢說，肚子裡的孩子在夢中為自己決定了名字，而且即將出生的嬰兒還告訴了她成為名字由來的費解格言。她在夢中看著、聽著嬰兒寫下漢字、讀給她聽，對夢中的所見所聞，她在說這件事時的語氣，並不是對夢境的內容感到不知所措，更像是對自己的孩子引以為傲。和綠坂唯的丈夫不同，小山內當時並沒有一笑置之，但在內心深處懷疑這可能也是一種產前憂鬱症的症狀，所以沒有說半句冷嘲熱諷，盡可能溫柔地陪伴妻子。

「女兒？」小山內當時問妻子。
「是啊，肚子裡的孩子是女兒。」
「是喔，原來是女兒啊。」
「太好了，她很聰明。」
「格言的意思是？」
「女兒並沒有告訴我，你去查一下。」
三個月後，梢果真生下了女兒。
他們夫妻之間已經做好了準備，也達成了共識，所以立刻為女兒取了琉璃這個名字。
琉璃和玻璃，見光都生輝。小山內夫婦告訴前來祝賀的賓客，琉璃這個名字取自這句格言。
經過了三十四年，小山內仍然記得妻子做的預告夢，也記得琉璃這個名字的由來，以及從字典上查到的這句格言的意思。無論過了幾十年，父親都不可能忘記為獨生女取琉璃這個名字的來龍去脈。
瑞樹走出佛堂，再度只剩下他們兩個人後，女明星又說了「轉世的孩子」這個名詞。小山內也記得曾經在書上看過這幾個字。說白了，就是指相同人格在年幼時死亡之後，會一次又一次轉世的特殊孩子——假設世界上真的有這種特殊的孩子。

綠坂唯打算把這個名詞套用在她的女兒琉璃身上繼續說下去嗎？小山內帶著這樣的懷疑喝了一口麥茶，拿出一支Hi Lite菸，用Zippo打火機點著了。他事先打過招呼，所以桌上放了菸灰缸，小山內坐在面向庭院的窗戶那一側，有兩扇窗戶敞開著，拉下了棕色的簾子。

小山內心不在焉地聽著她說話，抽著菸，想著曾經是三角情人的那個女人。既然是轉世，正木琉璃就是最初的琉璃，小山內琉璃是第二代，綠坂唯的女兒琉璃是第三代琉璃。但是，正木琉璃不是在將近三十歲時才死嗎？而且在轉世過程中的第二代琉璃是什麼意思？和妻子一起在車禍中喪生的女兒琉璃是第二代？取名為琉璃，一直養育到高中的琉璃，難道不是自己的女兒？

「綠坂小姐，」小山內想要捺熄只嚐到苦味的香菸，但煙飄進了眼睛，他忍不住皺著臉。

「是？」

「別再說了。」小山內說。

書上並沒有寫，在投胎出生的孩子中，有這些轉世的孩子成為特殊的例子，並不是世界上實際有這種孩子，而是在幼兒的死亡率極高的未開發地區，人們信奉這種想法。作者只是將這個概念稱為「轉世的孩子」。小山內打算向她提出忠告，不要用書中的字眼，更何況在使用時，扭曲了原本的意思，但最後還是懶得說出口。

「我能理解妳想要說的話，對於預告夢，也知道可能會發生這種事。」

「是。」

綠坂唯順從地應了一聲，所以再度輪到小山內說話。

「三角也一樣，」小山內忍著一隻眼睛的疼痛，繼續說了下去，「妳也相信人可以轉世，這我都能夠理解。」

「理解的意思是？」

香菸的煙滲進了眼睛，眼淚滲了出來。小山內低著頭，用彎曲的指背按著眼尾，等待疼痛的感覺消失。

「你的意思是，你和三角先生，還有我一樣，也相信人可以轉世嗎？」

當然不是這個意思，但小山內不知道該怎麼回答。她說得沒錯，自己到底理解了什麼？

小山內回想起不久之前，清美告訴他一個老人的故事。那個老人是荒谷母女所住那棟公寓的房東，一個人住在附近的透天厝。年過八十，但身體還很硬朗，只是有一點很古怪，他為家裡飼養的鸚鵡取了亡妻的名字，每天把牠放在肩上，帶牠一起去散步。清美在路上遇到他，向他打招呼時，他會正常回應，但立刻又繼續和鸚鵡說話。

「我說八重啊……」老人整天用這種方式和鸚鵡說話。聽說那隻鸚鵡並不是他去寵物店買回來的，而是老人的妻子去世的那年夏天，自己飛到老人家的庭院。即使趕了牠多次，牠仍然悠然地在庭院裡走來走去，老人突然想到了一種可能，對著牠問：「是八重嗎？」鸚鵡轉過頭回答說：「對！」之後，老人就和鸚鵡同住，他相信鸚鵡是轉世的亡妻。

「再讓我多說幾句。」綠坂唯說。

她應該又想說那本書上寫的內容吧？

小山內不難想像她想要說的內容。比方說，轉世的孩子在某個年紀之後，會開始說前世記憶。有些孩子害怕被人知道，所以絕口不提前世的記憶。有些案例在一場同時有發燒症狀的疾病之後，會喚醒前世的記憶。有些孩子會為娃娃或是玩具取前世認識的人的名字。有些孩子會展現出根本沒有學過的技能。有些孩子對前世死去的地點和相似的地點會心生恐懼。有些孩子會轉世成為前世親屬、朋友和熟人的家人。也有些孩子轉世到前世身邊的人周圍。

「事實上，我並不是發自內心相信轉世這件事，」綠坂唯說，「因為要發自內心相信這種事，根本是不可能的事。我相信在這一點上，你應該和我差不多。」

小山內眨了眨一隻眼睛，抬起了頭。

綠坂唯從放在一旁的皮包裡拿出一本書，小心翼翼地拆下了書店包裝的書套，在打量封面之後，把書轉了向，放在桌上，讓小山內可以看清楚。

她輕輕推了推那本厚實的書，小山內默唸了封面上縱向分成三列的書名。

那些擁有
前世記憶
的孩子

綠坂唯對著默然不語的小山內開了口。

「我女兒告訴我有這本書，於是我試著看了一下。這本書是我來這裡之前，在東京都內的書店買的，我家的書架上也有一本。我難得這麼投入地看一本書。」

她又笑著適時補充說：「除了電影原著。」

所以呢？小山內用眼神發問。

「書的內容完全符合書名，沒想到有那麼多擁有前世記憶的孩子。書上介紹了各種案例的報告，有很像我女兒琉璃的案例，書上也提到了我剛才說的預告夢的事。也就是說，只要願意找，也有很多孕婦曾經有過預告夢。」

小山內仍然用相同的眼神看著對方。

「但是，這本書最能博取我信任的，不是提到了這些有前世記憶的孩子，而是作者的基本態度。作者在這本書的前言中提到了他的態度，你要不要看一下？」

小山內沒有碰那本書，綠坂唯焦急地伸過手，拿起那本書，快速地翻開書，朗讀了前言開頭的部分。

寫本書的目的，是為了用簡單易懂的方式，向讀者傳達我針對那些被認為是轉世的案例所進行的研究。

小山內不由得覺得她的聲音很好聽。說話口齒清晰，也聽得很清楚。接著想起以前住在仙台時，女兒琉璃曾經提到綠坂唯，說小唯很有演戲的天分。

「是針對、那些被認為是、轉世的案例。」

綠坂唯強調了「那些被認為是」這幾個字。

「你有沒有發現？作者寫的不是『針對那些轉世的案例』，而是『針對那些被認為是轉世的案例』，將這些研究寫成了這本書。這本書並不是主張這個世界上絕對有轉世，所以大家必須相信。」

「嗯。」

「作者還說，即使讀者看了這本書之後，確信世界上真的有轉世的現象，也不是他的本意。我再唸一下接下來的部分。」

對於從來沒有想過轉世的讀者，如果能夠藉由本書，認為這種想法也有道理……

「這就是讓我願意相信這本書的部分，就是『認為這種想法也有道理』的部分。也就是說，沒有明確的證據可以證明轉世這件事，作者也無法證明。但是，全面否定有轉世的想法似乎也有待商榷。因為的的確確有一些孩子有關於前世的記憶，也許他們就是轉世來到這個世界。因為我們周遭發生了只有認為是轉世，才能解釋的現象。在我們周遭，經常發生這種事。」

「嗯，這我能理解。」

「你能理解嗎？」

「我能夠理解『這種想法也有道理』的看法。」

「這意味著你有接受轉世想法的餘地。」

「是啊，只不過……」

「只不過什麼？」

「只是在我周圍，並沒有發生讓我認為這種想法有道理的現象。」

「是嗎？」

「三角和妳來到這裡，告訴我發生的事，我聽你們說這些事，這算是在我周遭發生的現象嗎？」

「不，我想說的是，也許發生了一些你本身並沒有察覺的現象，或是即使發現了奇妙的現象，但隨著時間的流逝而遺忘了。所以我才帶了這本書過來。」

綠坂唯闔起書，再度放在小山內面前。

「自己周遭真的沒有發生任何現象嗎？不光是現在，到目前為止的過去，真的沒有發生任何現象嗎？希望你可以在看完這本書之後仔細確認一下。」

小山內當然已經確認過了。

但是，他錯過了向綠坂唯坦承這件事的時機。既然她特地把這本書從東京帶來八戶，退還給她未免太無情了。小山內翻開封面，翻到綠坂唯剛才朗讀的那一頁，做出迅速瀏覽的樣子，假裝第一次看這本書。

姑且不論現在，小山內當然無法斷言以前自己的周遭不曾發生過奇妙的現象。他心裡很清楚這件事。住在福岡公司宿舍的新婚時代，懷孕的妻子做的夢。為女兒取琉璃這個名字的過程。稻毛時代，讀小學的琉璃表現出許多令人費解的言行。之前在公司圖書室看到這本書時，就覺得認為這些是轉世投胎現象也有道理。

但是，綠坂唯上門的目的，並非只是為了讓小山內承認這種看法也有道理。如果把書交給自己就解決問題，她不會親自上門。她還準備了讓小山內震驚的其他事。

「我知道這種事，無論告訴誰，誰都不相信。」

女明星對正在假裝看書的小山內說。

「別人非但不相信，還會變成嘲笑的對象。如果在網路上，就會引起軒然大波，持續延燒。而且這是我和琉璃在高中時代的秘密，我知道必須深藏在心裡。但是，我又覺得如果瞞著你，實在太可惜了。因為你是琉璃的爸爸，所以我相信你一定會支持我，只要把事實告訴你，你一定能夠理解。其實，在仙台讀高中的時候……」

綠坂唯一直等到小山內看著自己的眼睛，才繼續說下去。

「她曾經告訴我三角哲彥先生的事。」

「是喔。」小山內回答，「……她說什麼？」

「說他是前世的情人。」

小山內闔起了書，把封面朝下，放在矮桌上，覺得兩手無所事事，所以抱著手臂。他忍住了嘆息。

「她說前世的情人時，原本我以為只是比喻，但她說，並不是比喻。她說，『媽媽很愛爸爸，經常半開玩笑地說，是前世約定、命中注定的夫妻，但我們不一樣，不是像爸爸和媽媽那樣，前世真的是情人。』」

前世真的是情人。小山內聽到這樣的表達方式也不會感到慌亂。因為聽了三角的故事之後，反而覺得這樣更合情合理。相反地，「媽媽很愛爸爸」這句舊話反而更讓他有新鮮感。妻子梢那麼深愛自己這個丈夫嗎？就像前世約定、命中註定的夫妻嗎？

小山內輕輕嘆了一口氣。

「那是高二的時候，」綠坂唯繼續回憶著，「我的確從琉璃的口中聽到了轉世的事。放學後，在美術教室，她告訴我這個秘密……」

「然後呢？妳相信琉璃說的話嗎？」

「不。」綠坂唯立刻回答。

「妳不相信嗎？」

「我當然不相信，因為當時我周遭沒有發生任何現象……只是我一直沒有忘記她告訴我的這件事，也一直覺得如果她說的話是真的，不知道該有多好。如果轉世這件事是真的，自己不知道不是很可惜嗎？一無所知地活在世上的人吃了大虧。當時我這麼想。然後……發生了那起車禍，她突然離開之後，過了很多年，即使在我開始當演員之後，我也一直沒忘記轉世這件事，也從來沒有忘記我們在美術教室的約定。她對我說，萬一我死了，我就要轉世。像月亮一樣，像月亮一樣，月虧之後迎接月盈。然後，我會向妳發出暗號，當妳發現這個暗號時，希望妳接受轉世這件事。我答應她，到時候我就會接受。當時，我們在約定的當時，雙方應該都覺得絕對不會發生這種事。從她去世的那一天開始，我一直等待暗號，整整等了十五年。」

「什麼暗號？」

「不知道。只知道是讓我接受琉璃轉世這件事的某種現象。」

「但妳不是已經接受了嗎？」

「對，幾乎接受了。」

「幾乎？」

「離接受只差一步。今年聽到女兒提到三角哲彥先生的名字時，我有點不知所措。因為這種事無法找任何人商量，所以我自己上網查資料，也看了一些感覺很可疑的網站，還找了一些內容很荒唐的書來看。但是，我女兒的記憶不斷增加，完全不顧我還沒搞清楚狀況。七歲的孩子不可能有那些遙遠的記憶，我相信三角先生已經告訴你了，她一個人，憑自己的意志，去了三角先生的公司要求和他見面。」

「嗯。」

「有一天，三角先生打電話給我，我還沒搞清楚狀況，他就主動來見我，希望我這個母親接受琉璃是轉世的孩子。三角先生說，琉璃的前世是他的情人，他的情人同樣叫琉璃這個名字，而且三十四年前，他的情人在地鐵意外中身亡。但是，我當然不可能聽他這麼說了之後，就說：『原來是這樣』就輕易接受。因為琉璃是我生的，是我的孩子。不是嗎？但三角先生說，不是這樣，我們在談的是另一個層次的問題，不是血緣關係、生物學上的親子或是基因這些我們熟悉的問題。那到底是什麼問題？小山內先生，你知道是什麼問題嗎？即使不是很明確也沒關係。」

「不。」

「三角先生似乎也不知道，因為這是人死之後的問題，因為我們都還沒經歷過死亡。死後的世界，必須超越常識的框架去思考，但我們活在世上，就無法擺脫常識的框架……這根本就是騙子，簡直就像被花言巧語的騙子騙走了女兒，但是，我所看到的現實也不是這樣。女兒並不是被騙子騙走，琉璃真的很愛慕三角先生。說愛慕可能太好聽了，琉璃成為一個女人渴求他。只要和他在一起，就很想和他卿卿我我，才七歲的女孩真心追著工程公司的部長。我相信她也很想和三角先生上床，如果不出面干涉，她應該會和三角先生做愛……對不起，因為除了你以外，我無法和別人聊這件事，所以就……」

「不，沒關係，暗號的事呢？」

「對，那件事，」綠坂唯再度露出嚴肅的表情，「上個星期，琉璃又說了一件照理說，她不可能知道的記憶。就是我剛才提到的，我在高中二年級時，在美術教室的回憶。我剛才也說了，我一直把那個回憶當作秘密，藏在內心深處。沒想到女兒竟然滔滔不絕地說了起來。我們母女在家裡客廳看電影時，她突然說了起來。那是岩井俊二導演的《四月物語》，劇情是……」

「電影的劇情不重要，妳女兒怎麼說起那個回憶？」

「不，劇情很重要。琉璃在那部電影演到一半時說，劇情簡直和小山內家夫妻的情況一模一樣。」

「……嗯？」

「就是說，電影的劇情和琉璃在高中時代聽說的，媽媽很愛爸爸這句充滿回憶的話一樣。」

「不好意思，我聽不懂妳說的意思。」

綠坂唯第一次露出心浮氣躁的眼神看著小山內，好像在懷疑小山內假裝聽不懂，故意打斷她說的話。但她很快就調整了心情，一隻手像梳子一樣把根本沒必要撥的一頭短髮從額頭撥到了後腦勺。

「對不起，我說得不清不楚。那部電影的女主角是松隆子演的，她是住在外地的高中生，準備進入東京的一所大學就讀。至於她為什麼會選那所大學，是因為她以前暗戀的學長就在那所大學。我女兒說，這一點很像，你太太以前也是說服了大力反對的父母，從八戶去了東京，就是為了追你。」

「……」

「這件事我之前就聽琉璃說過，所以我很驚訝。但更驚訝的是，我女兒提到了油畫的事，那一陣子琉璃每天都留在美術教室畫的那幅肖像畫。」

小山內鬆開了抱著的雙臂，想要請她等一下，但喉嚨發不出聲音。無論轉世的孩子想起了什麼，他都不感到驚訝，但妻子的事另當別論。

小山內完全不知道，死去的妻子梢在高中時代說服了反對的父母，為了追心儀的學長，選擇就讀東京的大學。他也從來沒聽說過那個心儀的學長就是自己這件事。因為他一直以為，以前在高中時，彼此都不認識對方，也不知道對方的名字，在大學社團打保齡球時，才在別人的介紹下知道彼此是高中的學長和學妹，那是雙方第一次見面，之後又交往多年才結了婚。兩個人的過去被改寫了嗎？還是自己的記憶變得模糊，所以變得不可靠了？他難以立刻做出判斷。梢十五年前和女兒一起車禍身亡，梢高中畢業距離目前已經四十年了。

「女兒琉璃對我說，她想要看那幅油畫。」

綠坂唯注視小山內片刻後，繼續說了下去。

「在我的記憶中，那是琉璃畫了『前世情人』的肖像畫。那是她在高中二年級時畫的，所以比十五年前更早。如果那幅畫目前還在，我也想看一下。」

小山內無力地搖著頭。

「這麼久以前的東西，應該早就不在了。」

「我並不是要求你馬上找出來，即使會花點時間也沒關係，如果有一天找到了，請讓我看一下。不瞞你說，我女兒提到油畫的事之後，就一直惦記著。她說她想起了琉璃畫的那個男人的臉，而且那張臉一直出現在她眼前。我當時以為那只是她想像中的人物，但真的有三角哲彥先生這個人，如今我也見過本人，知道他的長相。如果那幅畫上的臉和三角先生一致……」

「琉璃和妳約定的暗號，就是那幅畫嗎？」

「對，我相信女兒向我提出想要看那幅畫，就是對我發出的、特別的暗號。」

綠坂唯喘了一口氣，說出了最關鍵的一句話。

「如果一致，就代表在你的過去，周遭曾經發生過不可思議的現象，只是你沒有察覺，這將成為最好的證據。」

13:00

「為什麼沒有告訴我正木的事？」

小山內覺得自己問綠坂唯的這個問題毫無意義。

為什麼來八戶的三角哲彥和綠坂唯都隻字不提正木龍之介的事？

不需要當事人親口回答，小山內也可以想像。

為了讓他人接受他們身邊發生的現象顯示是轉世，正木龍之介的事件會帶來負面影響。正木引發的事件已經被認定是女童綁架事件，無論新聞報導、網路新聞，或是相關書籍都有紀錄。也就是說，如果有人認真調查，就會發現正木這個人是社會的敗類，是蘿莉控，是綁架女童的綁匪這個事實的瓶頸。建立在常識基礎上的現實世界中，這是官方的見解，任何人都無法推翻。完全沒有讓人推測真相到底是什麼的空間，轉世也就變得毫無道理。相反地，三角哲彥說的話，和綠坂唯說的話都有道理，卻無法證明真實性。一旦提及被貼上綁匪標籤的男人，別人就會產生排斥，懷疑轉世這件事是否真的有道理。正木龍之介在他們想要傳達的故事中，是一個多餘的角色。

東京車站飯店的二樓。

走出剛才坐了很久的「東京虎屋」咖啡店，走向電梯廳期間，小山內這麼思考著。

但是，真的是這樣嗎？

也可以從另一個角度思考。

假設他們沒有隱瞞正木龍之介的事件，說出了超越常識框架的赤裸裸事實，自己真的會排斥嗎？自己被少女識破和正木是一丘之貉，在公司圖書室發現了那本書，持續看那本書的過程中，得知世界上有轉世的孩子這種奇蹟，會不會欣然接受這件事？不，在妻女發生車禍突然離開人世那一年，當時以為自己已經接受了她們母女死去的事實，也許內心深處，保留了孕育奇蹟種子的空間。就像清美說的那個老人一樣，自己是否也期盼著女兒轉世，不管變成鸚鵡也好，貓狗也罷，甚至是蚱蜢也沒關係，期盼女兒再度出現在自己身旁，向自己傳遞轉世的暗號？如果八年前，自己遇到那個叫希美的女兒——就像八年前，在超市的停車場偶然遇到清美和瑞樹一樣——認識了希美，自己是否也會像正木對她的執著一樣，也對她執著不已？是否也會像正木一樣牽她的手疼愛不已，犯下在旁人眼中變成綁架後帶著她四處逃竄的相同錯誤？

也或者他們擔心會發生這樣的情況，也就是前世的家人完全接受轉世這個事實，然後對綠坂唯的女兒琉璃產生執著？所以就隱瞞了正木龍之介這個極端的狀況，即使自己半信半疑也沒有關係，只要認為這種說法有道理就好，只要能夠為他們找出那幅油畫就好？他們覺得琉璃前世的父親接受奇蹟當然沒問題，只是並不希望自己太相信？

「小山內先生，」在等電梯從地下樓層上來時，綠坂唯看著他問：「午餐預約了中餐廳，沒問題嗎？」

小山內把頭轉到一旁，閉著眼睛，努力讓擴散的思考聚在一起。關鍵在於一件事，自己對眼前這個名叫琉璃的女孩是否萌生了執著？就像老人為飛進庭院的鸚鵡取了亡妻的名字一樣，自己是否希望叫這個初次見面的女兒琉璃，然後和她在八戶的住家一起生活？

接受。

小山內記得自己也曾經說過這兩個字，但那是代表「死心」的意思，而且不是對自己，而是語帶嚴厲地勸說一直陷入沮喪的母親。無論是妻女死去的時候，還是父親死去的時候——活著的人必須接受發生了巨大變化的現實，繼續活下去。然而，三角哲彥和綠坂唯，當然還有綠坂琉璃，以及正木龍之介也都用了相同的字眼，只是他們口中的「接受」這兩個字代表了完全不同的意義。

「完全沒問題，吃中餐很好啊。」琉璃代替他回答，用方巾包起的油畫抱在胸前，「小山內先生不挑食。」

「肚子是不是餓了？一下子就這麼晚了。」
「我都快餓扁了，都怪妳剛才電話講這麼久。」
「如果要怪的話，也要怪真崎先生。」
「不好意思，」小山內打斷了她們母女的對話，「妳已經預約了餐廳，這麼說有點不好意思，但我沒辦法和妳們一起吃午餐。」
「啊？不會吧？」琉璃大聲叫了起來。
「請你別這麼說，三角先生也快到了。」
「不，我沒辦法，因為我要趕回程的新幹線。」
「幾點的新幹線？」琉璃立刻追問，「小山內先生，原來你打算今天就回去。」
「一點二十分。」
小山內看著手錶回答。
目前還不到一點，剛才從新幹線的月台花了三十分鐘才終於走到這裡，但走回月台時不會迷路了，只要十五分鐘，應該就可以抵達「隼號」新幹線停靠的月台。
綠坂唯和琉璃互看了一眼，琉璃偏著頭，一臉不滿地哼了一聲。少女的母親用訓誡的語氣說：「不要露出這種表情。」小山內突然覺得似曾相識，以前好像曾經看過相同的景象，曾經看過好幾次，只是他沒有細想這種近似鄉愁的感覺來自遙遠的過去已經失去的家人，還是聯想到八戶的荒谷母女，提醒自己在離開之前，別忘了問綠坂唯兩個問題。
電梯從一樓緩緩上升，即將來到二樓。
第一個問題。
「綠坂小姐，」小山內迅速開了口，「關於正木龍之介這個人，不，我想只要查一下，應該就知道了，但我想請教一下，他是什麼時候去世的？」
電梯抵達二樓，發出了清脆的鈴聲。
電梯門打開，裡面有兩個中年女人，還有一個年輕人正在滑手機。其中一個女人發現了綠坂唯，露出了驚訝的表情。走出電梯時，用手肘捅著身旁另一個女人。年輕男人可能熱中於手遊，一直低頭看著手機。
三個人走進電梯後，背對著忘了在二樓走出電梯的年輕男人。所有人都沉默不語。顯示電梯停靠樓層的燈亮著地下一樓，和小山內進電梯後，毫不猶豫地按下的一樓。如果她沒有時間回答問題，那也只能作罷。只要回家後查一下，應該就知道了。不，其實自己並不是非知道答案不可，所以也沒必要去查。
最重要的是，不能錯過一點二十分的「隼號」新幹線。他不想讓母親、清美和瑞樹知道今天來過東京這件事，尤其清美之前並不像瑞樹那樣歡迎綠坂唯的造訪，曾經一臉不悅地說：「那個女明星來為你死去的太太和女兒掃墓嗎？都隔了這麼多年了，為什麼要來掃墓？」所以不希望她誤會，以為自己偷偷來東京和綠坂唯見面。而且，目前還沒有問出口的第二個問題，即使問了綠坂唯，也無法改變任何事。

「小山內先生，我下次還可以去府上拜訪嗎？」

電梯即將抵達一樓時，綠坂唯小聲地問。

電梯停止下降，響起了抵達的鈴聲。

走出電梯，那裡是飯店一樓的電梯廳，眼前是飯店大廳的咖啡廳，他費了一點時間分辨方向，但並沒有迷失方向。只要沿著兩個小時前走的路線逆向走回去就好。小山內立刻走向面對咖啡廳的左側方向。

來到通道盡頭後再右轉，看到了和來這裡時曾經經過的自動門。門外就是東京車站丸之內南口。半圓形天花板下方，來往行人的腳步聲、招呼聲、行李箱的滾輪聲、東西相互撞擊的聲音、乾咳聲，以及車站內的廣播聲和背景音樂聲交織在一起。小山內身陷這片嘈雜聲中。

「應該是幾年前。」身後傳來女明星的聲音。

小山內把手伸進西裝內側口袋拿車票，意外地停下了腳步，轉頭看向身後。

「小山內先生，請你等一下。」

琉璃一手拿著方巾打結的地方，拎著包裹，另一隻手握著準備回答問題的母親手腕。小山內向自動門的方向退了幾步，在畫了一個很大的箭頭，指向「東京車站飯店一樓」的大看板前，再度面對她們母女。

「我不太清楚詳細情況，」綠坂唯搶先開了口，「應該是五、六年前，差不多是那個時候，聽說他死在看守所內，還聽說他留下了很簡短的，只有一句話的遺書。我不知道他的死因，也不知道遺書的內容，只是聽三角先生提過這件事。」

「是喔。」

「是啊，所以如果你想進一步瞭解詳情，也只有三角先生才知道。你要不要等他？」

小山內再度看著手錶，發揮出有老花眼的男人定睛看手錶的演技。

「綠坂小姐，」他開了口。

這就是他要問的第二個問題。

「請問那件事是真的嗎？」

「啊？」

「妳之前來我家時，不是提到電影嗎？妳說電影中的女主角選擇就讀大學的理由，和我太太很像。電影中的女主角從高中時就暗戀學長，也是為了追求學長，才會來到東京。我記得是這樣的劇情……」

「……喔，你是說那部電影。你看了嗎？」

「嗯，不，因為和我的記憶落差太大，所以想確認一下。琉璃讀高中時，真的曾經告訴妳我們夫妻，那個、該怎麼說，就是她真的曾經告訴妳我們夫妻相愛的過程嗎？」
「對，真的。她說你太太高中時就暗戀你，為了成就這份感情，所以決定就讀東京的大學，和電影的劇情一樣。」
「媽媽，」琉璃轉動下巴，抬頭看著母親，「小山內先生不知道這件事。」
「啊？……喔，對喔。」
「我上次不是也說了嗎？小山內太太一直隱瞞這件事。」
「對喔，電影中的學長也一直不知道女主角暗戀他，還是不說出來比較好。這也和小山內先生和他太太一樣。」
「嗯，雖說一樣，不過電影只演到他們在東京相遇而已，但小山內先生和他太太之後開始交往，之後又結了婚，可以說是那部電影的續集。」
「續集，所以，小山內太太是那部電影女主角的積極版。」
「沒錯，梢太太很積極。」
母女兩人相互說道，小山內又幾乎插不上話。
「暗戀？為什麼要隱瞞呢？」
他迫不及待地問綠坂唯，不等她回答，又看著琉璃。
「姑且不論電影情節，我太太為什麼要一直對我隱瞞這件事？」
「為什麼？」琉璃仰頭看著小山內。

「為什麼？」綠坂唯也異口同聲地問。

「不好意思，」經過的路人硬是打斷了他們的談話，「妳該不會是女明星綠坂唯小姐？」

「……是啊。」

「看吧，我就知道！」中年女人對同伴說，「她就是綠坂唯小姐。」

幾個路人聽到這句話，也紛紛放慢了腳步，也有人停下腳步。一個人、兩個人，有越來越多人被吸引，一群像是遊客的人也聚集過來。最先向女明星打招呼的人央求合影，正在尋找飯店出入口的人也擠在一起，圍成了人牆。

小山內和少女不知道是被人群推了出來，還是主動避開了人群，兩個人站在離人群有一段距離的位置。

他手上拿著包裹，彎腰面對身穿洋裝的少女。他不記得什麼時候接過了包裹，直直地站在他面前的少女雙手緊握拳頭，對他說了聲：「等我一下。」然後閉上了眼睛。小山內順從地等待著，少女的雙眼眼瞼痙攣起來。痙攣持續了幾秒鐘，停止之後，又持續了幾秒鐘，再度停止，然後又持續了幾秒。小山內把油畫的包裹抱在胸前，靜靜地等待著。

不一會兒，少女睜開眼睛，用力張大嘴巴，活動臉部，放鬆緊張的肌肉後，對小山內露出微笑。

「為什麼？」少女說，「為什麼媽媽要向爸爸隱瞞自己的心意？因為啊，因為一旦說出來……」

她把嘴巴湊到小山內耳邊，小聲說著秘密。

她顯然用了假聲。

她誇張地模仿了小山內至今仍然清楚記得的妻子富有特徵的語調，就像很久很久以前，讀高中的琉璃也曾經這樣模仿，讓小山內只能苦笑。

因為一旦說出來，爸爸就會得意忘形。

說完之後，她忍不住呵呵笑了起來，鼻息吹向小山內的耳朵後，她移開了嘴唇。她面向茫然的小山內，用力眨了一、兩次眼睛，舌尖微微從嘴唇之間伸了出來。這個動作代表結束，她變回了原來的少女。小山內覺得用他熟悉的聲音說話的琉璃，進入了眼前這個名叫琉璃的少女身體內。

「知道了嗎？」琉璃問。

「這就是原因？」小山內嘀咕，「只是這種原因？」

「是啊，雖然你覺得微不足道，但這很重要，這是維持夫妻感情的秘訣。如果整天都說我愛你、我愛你，即使真的很愛你，也無法打動你的心。難道你不覺得嗎？」

「如果妳說的話屬實，那就意味著我被騙了。」
「你又說這種話，這根本不是騙人或是被騙的問題，而是她珍藏這個秘密，八成想要當作老後的驚喜。當和你一起變老，變成老爺爺和老奶奶時，就可以當作陳年往事帶給你意外驚喜。因為梢太太相信可以永遠陪在你身旁，根本沒想到會突然遇到那場車禍。她打算以後告訴你，年輕時暗戀你，不抱希望地來到東京這件事。她打算有朝一日要告訴你……我記得梢太太曾經親口這麼告訴我，所以，一定打算有朝一日要告訴你。」
琉璃突然住了口，對小山內無法察覺的動靜產生了反應，轉頭看向後方。
小山內也跟著看向那個方向，看到那群遊客已經離開，綠坂唯站在那裡看著他們。
她身旁站了一個身材有點發福的五十多歲男人。
男人向琉璃舉起一隻手，然後發現了小山內的視線，恭敬地鞠了一躬，但不時被從他面前走過的行人遮住。小山內吐出了憋著的氣。
琉璃回頭看著小山內問：
「你要不要和哲彥聊幾句？」
「不，我沒時間了。」小山內沒有看手錶就直接回答。
「小山內先生？」
「妳快去吧。」小山內把用方巾包起的油畫還給少女，站直了身體。

「我下次可以去為梢太太掃墓嗎？我想和媽媽，還有哲彥一起去。」

小山內沒有回答，他轉向驗票口，從西裝內側口袋拿出車票，打算邁步離去。

「小山內先生！告訴你一個秘密，」身後響起少女的聲音，「轉世未必只發生在我身上。」

她開玩笑的語氣好像在調侃大人，而且好像也沒必要回頭，但小山內的腳步產生了猶豫。琉璃改口說：

「也許未必只發生在我身上。」

「……」

「即使轉世，也一定要見到哲彥，如果是因為我一心抱著這個念頭，所以就有了這樣的結果，如果愛的深度是條件，很多人都有資格轉世。你太太的愛也絲毫不輸給我，也具備了同樣的資格。」

小山內邁開步伐之前，回頭看了琉璃一次。

小山內臉上的表情不如琉璃的期待，並沒有因為充滿活力而發亮。不知道他是否刻意不顯露表情，至少那不是丈夫聽到亡妻轉世的可能性而感到高興的臉。

「因為就那樣死了，未免太不甘心了。」琉璃有點生氣地說，「你是她高中時的初戀對象，她原本打算有朝一日告訴你這個秘密，結果也沒機會說，所以梢太太一定會轉世。她一定希望再度投胎，再次接近你。就像我在十五年前發生車禍死去那樣，即使轉世變成了別人家的孩子，即使變成了別人，仍然想要來見你。你不能排除這種可能性。不光是可能性，如果真的已經發生，梢太太可能已經在你身邊了，只是你沒有察覺而已。你死去的太太可能已經變成另一個人，出現在某個地方。」

小山內皺起眉頭。

「嗯，的確有道理，」他說，「事實上，已經發生了妳說的情況。」

「不會吧？真的假的？」

小山內把一隻手放進長褲口袋，用拿著車票的那隻手抓著頭說：

「怎麼可能是真的！」

「……搞什麼啊，竟然用這種表情開玩笑！」

「琉璃妹妹，」小山內最後這麼稱呼少女，「小孩子不可以調侃大人。」

然後，他毫不猶豫地邁開步伐。

他剛邁出步伐，少女就在他背後回嘴。

「阿堅！」少女不服輸地叫著他的名字。

小山內沒有停下腳步。

「如果有人叫你阿堅，或許就是真的。」

小山內沒有回頭。

少女的聲音響徹丸之內南口驗票口的半圓形天花板。

不可以忘記曾經吃過銅鑼燒！

小山內走進驗票口。

他看著手錶和指示牌，努力回想十五年前，不，他努力回想更早之前的記憶，但腦袋不聽使喚。他想不起曾經和妻女一起吃銅鑼燒的日子，那只是沒有什麼特別新奇的事，平凡度過的日子，當然無法從遙遠的過去中擷取出這種日子中的某個畫面。

但是，他可以回想起和荒谷清美、瑞樹三個人第一次一起吃飯的日子。從剛才開始──剛才在琉璃面前露出嚴肅表情的時候開始──小山內就很在意過去的這一幕。連他自己都搞不清楚到底在意什麼，只是不顧一切地追溯著記憶。

那是八年前。

八年前的初秋。清美在小山內經常去的藥局上班，自從盛夏季節成為停車場那起肇事逃逸事件的目擊者，向超市店長和警察作證之後，他們成為見面會打招呼的關係。那天晚上，小山內比平時晚下班，七點多時去藥店為父親買紙尿布。清美為他結了帳，並在集點卡上蓋了章，讀小學的女兒等在收銀台後方。小山內像往常一樣向清美簡單打了招呼，和練完足球的瑞樹互看了一眼，瑞樹從圓椅上站了起來，敏捷地跑向他們，然後……

然後他們一起去家庭餐廳吃了晚餐。

小山內想不起吃飯的時候，剛買的紙尿布放在哪裡，也想不起三個人分別點了什麼，也忘了當時是否在意回家公車的時間，還是清美開車送自己到住家附近的公車站，他完全想不起這些細節，甚至也忘了怎麼走進那家餐廳。只記得一個畫面，以及幾個表情和幾句話。

小山內記得清美站在收銀台前向來沒有太多表情，但吃飯的時候，嘴角露出了很有活力的笑容，好像在炫耀自己的陰謀得逞了。她告訴小山內，並不是在超市的停車場第一次認識他、知道他的名字，更早之前就已經知道了。當清美說，其實是這孩子比我更早認出你時，原本一臉嚴肅地在旁邊吃飯的瑞樹抖了一下，好像膽小的小鳥一樣轉頭看向母親。當時，小山內想起傍晚下班後去藥局時，經常在收銀台旁看到一個身穿足球制服的女孩，至於她們母女為什麼會知道自己的名字，他記得之前製作集點卡填寫過自己的名字，只要想知道，很容易查到自己的名字，所以並沒有感到太驚訝，而且他反而覺得解開了一個謎團，在停車場發生肇事逃逸事件時，瑞樹之所以會跑過來對自己這個陌生人說話，是因為她記得自己是藥局的熟客。

沒想到下一剎那，瑞樹一臉不悅地皺起眉頭，人小鬼大地嘆著氣，責備母親說：

「不是說好不能說嗎？」

清美被七歲的女兒咂了嘴，笑著對小山內說：「她是不是沒大沒小？你不必在意，她向來這樣。」小山內不由得同情清美。

不僅如此，小山內還想起了更加詳細的細節。在此時此刻之前，都不曾在意過的場景，也不曾留意過的一句話。

那天晚上，在家庭餐廳吃完飯，準備離開之前，瑞樹說：

「小山內先生，你的名字叫堅，對嗎？」

「是啊。」

「那我以後可以叫你阿堅嗎？」

東京車站內的圓環。

小山內漸漸放慢了步伐，最後停下了腳步。

來往行人的腳步聲、說話聲，通道兩側店家傳來的嘈雜聲一下子變得遙遠。像耳鳴般持續鑽進耳朵的雜音停止，連眼前的景象也變得平面化，他佇立在通道的正中央，被無聲、色彩鮮豔的畫包圍。

八年前。

那時候，目前讀中學三年級的瑞樹剛上小學。

三個人第一次共進晚餐的那天晚上，從那天晚上之後，瑞樹就叫母親的交往對象「阿堅」。

——可能性。

轉世未必只發生在我身上。

事實上，已經發生了妳說的情況。

剛才用玩笑回應琉璃時還能夠發揮克制力，就在前一刻，在丸之內南口驗票口外，這個讓他覺得有道理的可能性，不，照理說不可能發生的可能性，讓小山內無法動彈。

妻子和女兒在十五年前發生車禍身亡。

如果妻子在那一年轉世，而且順利長大，今年剛好十五歲。如果轉世的妻子和其他轉世的孩子一樣，在七歲時找回了前世的記憶，而且同樣尋找前世曾經愛過的對象，就剛好在八年前。也就是瑞樹出現在自己生活中的那一年。

一切不是都符合嗎？

所以說，自己不是和瑞樹相遇，而是瑞樹刻意接近自己？

她利用偶然發生的肇事逃逸事件，之後又利用母親清美，試圖接近前世的丈夫？

那天晚上，不正是瑞樹提議去家庭餐廳吃飯嗎？她說自己肚子餓了，又接著問，小山內先生，你吃過晚餐了嗎？難道不是她用這種方式讓自己心血來潮地邀她們母女一起吃飯？是不是她知道前世的丈夫個性不懂得拒絕，所以讓事情按照她的劇本發展？

然而，假設真有其事，瑞樹為什麼隱瞞這件事？

小山內思考著可能性。他絞盡腦汁，努力尋找合理的解釋。

他輕易想到了答案。

因為她認為，即使表明自己的真實身分，「阿堅」也無法接受。

這個人不行，他會把我說的話當成是瘋子的妄想。她做出了這樣的判斷。就像過去，不，就像前世，他也曾經針對相同的情況做出過相同的判斷。

小山內覺得一定就是這樣。

他仍然對遙遠過去的記憶，稻毛時代的那一晚、那一個場景耿耿於懷。妻子列舉了女兒身上的各種異常變化，最後一臉得意地拿出琉璃的漢字練習簿，自己則擔心妻子的精神狀態不知道病到何種程度……琉璃站在走廊上看著他們的對話。

如果三角哲彥所說的是事實，應該就是事實，在距離那天晚上的十一年後，梢協助女兒琉璃，打電話給三角的姊姊，問到了三角的電話，然後在隱瞞這個事實的情況下離開了人世。也就是說，她在那天晚上之後，在某個時間點，應該比任何人更早接受了女兒轉世這件事，卻沒有告訴自己這個丈夫。轉世的女兒，和接受了這個奇蹟的妻子，應該多次長時間討論未來的事。在他們的討論中，也包括了必須瞞著爸爸這個最終的判斷。

……即使說破了嘴，爸爸也不可能明白。琉璃，妳應該很清楚啊。妳讀小學的時候，不是離家出走去高田馬場找三角先生嗎？那一次，爸爸也不願面對現實。無論媽媽再怎麼嚴肅地和他討論妳身上發生的異常變化，他都不願意接受。我所愛的人果然如他的名字，雖然堅實可靠，可是無法跳脫常識框架的死腦筋。所以暫時不要告訴他實情，和媽媽在高中時代曾經暗戀當時是學長的爸爸，在爸爸去東京讀大學後，也一路追到東京這個秘密一起放進記憶的盒子，蓋上蓋子，就當作是老後的驚喜……

小山內站在通道的中央，跨立在黃色引導線的兩側，行李箱滾輪發出嘎啦嘎啦摩擦地面的聲音經過他的身旁。幾名旅客經過他兩側後，小山內突然發出叫聲，腳踝劇烈疼痛，他忍不住當場蹲了下來……啊，撞到那個人的腳了，趕快去道歉。他聽到有人這麼說。另一個人說，別管他，是他自己的錯，誰叫他傻站在那裡？

小山內左手摸著腳踝，握著車票的右手撐在地上，爬向通道角落的牆邊避難。他茫然地站在剛好必須轉彎的地點，看到英文「Central Street」的標識，記得剛才來的時候，似乎也看過相同的牌子。只不過他記不清到底是走過這條通道抵達了約定的地點，還是走到這裡後迷了路，結果從丸之內中央口走了出去……短短兩個小時前的記憶已經變得不明確。小山內靠在牆上，腳踝再度疼痛起來，他忍不住閉上了一隻眼睛。

真的可能發生這種事嗎？

梢轉世變成了瑞樹嗎？

她在轉世之後，仍然覺得自己無法接受眼前發生的事嗎？

雖然她主動接近自己，卻沒有向鎖定的「阿堅」說出秘密，只是對順利融入小山內家感到滿足而竊笑嗎？

真的有這種可能嗎？

成為蘿莉控由來的小說中，男主角的中年男人為了能夠和少女形影不離，接近少女的母親，並和她結了婚。瑞樹，不，是梢想出了剛好相反的劇本，然後按照劇本執行嗎？扮演少女母親角色的荒谷清美，和扮演荒谷清美男友的自己，都只是隨梢的演出起舞嗎？

很有可能。小山內靠在牆上，閉上一隻眼睛想道。

腦海中浮現了讓他忍不住皺眉的離奇想法，以及毫無根據的可疑劇本。

公司的圖書室。

他看翻譯小說已經看膩了，有一天在日本小說的書架上，發現了一本放錯了位置，而且完全沒有人看過的新書——《那些擁有前世記憶的孩子》——現在回想起來不禁納悶，到底是誰把那本書放在那裡？圖書室沒有管理員，當然也沒有購買新書的預算，都是老闆和員工把不要的書捐給圖書室，逐漸增加了藏書量，但每個月最多只有幾本新書或是文庫本丟進整理用的箱子，難以想像公司內有人去書店買這麼厚一本書，然後好像故意炫耀般放在書架上。

是不是瑞樹放的？雖然這樣的推理很離奇，但如果有人想要讓自己看這本書，應該只有瑞樹而已。到底為什麼想讓自己看這本書？是為了讓自己有心理準備，讓自己瞭解轉世的現象也有道理的想法，以便日後見到三角哲彥和綠坂唯，和他們之間的談話可以更加順利。這是為了事先打好基礎，讓死腦筋的自己，能夠將自己周遭發生的奇蹟視為事實加以接受。不，即使梢轉世變成了瑞樹，恐怕也無法預測綠坂唯會登門造訪。在實際見面之前，應該並不知道第四代琉璃的母親會是綠坂唯。對喔，正因為這樣，所以瑞樹那天打電話告訴自己綠坂唯去家裡時的聲音那麼激動興奮。瑞樹並不是因為對方是知名的女明星，所以才那麼興奮，而是因為那是女兒前世的同學，是她認識的人。

離奇的想法不斷浮現。

還有，瑞樹叫自己「阿堅」時的聲調和發音的方式，似乎很像死去的梢在很久以前，在大學時代南部班認識時，搞笑地強調南部腔叫「阿堅」的聲音。是不是模仿那個時候？在超市停車場發生那起肇事逃逸事件時，瑞樹清楚記得逃離現場的車子車型，比其他大人的證詞更明確。她對車子和開車都很有興趣，和梢一樣。清美好像說過，瑞樹很想坐駕駛座，讓清美很傷腦筋，而且雖然沒教過她開車，但她還是小學生時，就憑直覺知道怎麼開車，很擔心她會趁自己不備，一個人把車子開出去。記得清美好像提過這件事，但自己當時好像並沒有太在意。而且，瑞樹之前和男生一起踢足球。現在想起這件事，不由得聯想到梢在大學時代參加社團活動踢足球時，運動神經也好得出奇。

瑞樹這個名字和梢這個名字在某些地方不是很相似嗎？也許稱不上相似，但很可能是梢偽裝的結果。也許在清美懷孕時，梢出現在她的夢中，指定自己的名字中要有和梢有關的「樹」字。所以說，清美也做了預告夢嗎？雖然之前從來沒有聽清美提過這件事，但清美和她的前夫之間，也曾經有過像綠坂唯和她前夫之間的對話嗎？八年前，七歲的瑞樹也曾經因為不明原因發燒，之後出現異常的行為嗎？清美隱瞞了重要的事嗎？還是因為瑞樹制止，所以她才隻字未提？三個人第一次一起吃飯時，瑞樹噘著嘴說：「不是說好不能說嗎？」這句話，也包含了這個意思嗎？清美挨了女兒的罵之後，是因為有這樣的內情，所以才露出不置可否的笑嗎？

先生，請問你怎麼了？

是喔是喔，原來是這個意思。這八年來，自己完全沒有察覺，原來梢變成了瑞樹，一直在自己身邊。是梢轉世，變成了瑞樹，然後偷偷溜進了公司的圖書室，設法讓自己看到那本書。雖然這樣的推理很離奇，但除了她以外，不可能有其他人。梢一定在稻毛時代到仙台時代之間的某個時間點，在書店看到這本書，然後背著丈夫偷偷看這本書。看了之後，更加確信琉璃轉世這件事。在梢自己也轉世之後，想到要讓前世的丈夫「阿堅」也看這本書。有朝一日，她會主動表明真實身分。為那一天做好準備，為製造意外驚喜打好基礎。

你身體不舒服嗎？

有一個男人大聲對小山內說話。

小山內回過神，抬起了頭，一個身穿藍色制服的警察微微傾著身體，雙手放在腿上，正在低頭看他。

「你頭暈嗎？可以站起來嗎？」

仔細一看，他並不是警察。男人頭上戴著棒球帽，身上穿著藏青色運動衣，運動衣下好像是工作服。白色的工作服上有很多污漬和油漬。這個年輕男人應該是哪家餐廳的員工，剛好路過這裡，關心坐在牆邊的長輩。

在瞭解自己所處狀況的瞬間，妄想立刻消失得無影無蹤。那些都是妄想。

「謝謝，我沒事。」

「真的嗎？」

小山內一隻手拿著車票，用手肘頂著身後的牆壁，利用反作用力站了起來，確認腳踝已經不像剛才那麼痛，輕輕在原地踏步。

「身體有沒有哪裡發麻？」

「沒有，只不過……」

「怎麼了？」

「我要搭東北新幹線，但不小心迷了路。」

「喔，原來是這樣啊，沿著這條路直走。」

小山內看著年輕人笑著手指的方向。

「前面有指示牌，你要搭幾點的新幹線？」

「一點二十分。」

「時間還很充裕，不必著急。」

小山內向年輕人道了謝，走向他手指的方向。

不必著急。只要搭上一點二十分的「隼號」新幹線，四點多就可以抵達八戶。走出車站後，去投幣式置物櫃拿出公事包，然後調整一下時間，搭和平時同班公車回家。沒有人知道自己今天來過東京。母親、清美和瑞樹都不知道，自己也可以當作沒來過。

路上小心。年輕人對他說。

小山內立刻回頭看向聲音的方向。

但頭戴棒球帽的善良年輕人已經在人群中消失了，小山內小心翼翼，生怕撞到來往的行人，甚至無法仔細轉頭看左右兩側的店家。

小山內決定放棄，邁開了步伐。

走向東北新幹線的月台。

他確認自己沒有走錯路，確認了其他旅客前進的方向，又確認了畫了箭頭的「新幹線」這三個字，搭了電扶梯，然後又走了一段路，突然又產生了妄想，覺得即將回去的八戶家裡，將和今天早晨離家時呈現不同的面貌。

妄想仍然持續。

小山內甩了甩頭，看著回到八戶之後的現實。

傍晚六點，母親應該會在家門口迎接自己。瑞樹應該在廚房幫忙煮晚餐。八點多時，清美會開著小車來家裡。這一切和之前沒有任何不同。

……但是，還能夠繼續像之前那樣嗎？

還能像之前一樣，繼續和荒谷清美交往嗎？如果繼續交往，在不久的將來，將會和年邁的母親，和清美的女兒瑞樹一起成為一家四口。

繼續發展下去，自然會變成這樣的結果，但自己能夠像以前一樣，把清美的女兒視為小孩子嗎？聽到瑞樹叫自己「阿堅」時，還能夠維持像以前一樣的心情嗎？還能夠像以前一樣，看著小孩子的眼睛說話嗎？

小山內再度搖了搖頭，想要甩開持續浮現的妄想。

東京車站內的圓環。

小山內走向東北新幹線的月台。

走向在八戶等待他的現實。

他和走向相同方向的旅客一起，持續邁著步伐。

他看到往新幹線方向的指示牌，加快了步伐。

當然會和以前有點不一樣。兩個小時前，在東京車站下車時，和現在的小山內有一點點不一樣。

比方說，回去八戶之後，能夠忍住不問她們任何問題嗎？

會不會以半開玩笑的方式，主動提出一些莫名其妙、暗示轉世的問題？他的腦海中已經閃現這種不必要的擔心。小山內走上階梯時撫平了握在手上那張車票的摺痕。清美和瑞樹聽到自己提出莫名其妙的問題，會互看對方嗎？自己會如何解釋她們的沉默？能夠做出正確的解釋嗎？小山內完全沒有自信。事實上，自己並不會發問。應該不會發問。所以知道這些都是不必要的擔心，但還是帶著一絲隱憂，走上了階梯，站在新幹線的驗票口前。只有一絲隱憂而已。

13

三角哲彥造訪位在八戶的小山內家那天的一個月前。

六月——東京從一大早就下著雨。

她感到害怕。

她無法明確知道目前自己雙腳站立的地方是在哪裡，這造成她極大的不安。雖然她知道中央區京橋這個地名，也知道這裡是剛才斜著雨傘，看得出了神的高樓一樓內部，但她無法從周圍的景色中判斷自己是否來到了正確的地方，是否順利抵達了正確入口，還是選錯了入口。

更何況她根本看不到周圍的風景。以她的身高和視線位置所能看到的，應該說是感受到的，只有拒絕外人的硬質空氣、充滿人工的光，以及隔絕了戶外的天氣、一塵不染的寬敞空間，大人像耳語般的聲音，不時清晰地傳入耳中，卻又可以感受到距離的清澈音色——從樓上下來，和從地下樓層上來的電梯抵達聲，以及負責監視她的男人身上發出的古龍水味道。她不知道自己目前站立的場所天花板有多高，也無法想像這個又高又深的空間在哪裡、如何隔間，到哪裡為止。

大人的對話暫時停止。

雖然已經打電話去了位在很高樓層的總務部長室，但似乎並不是總務部長本人接電話。不知道是秘書聽到櫃檯的通知後沒有把電話轉接給總務部長，還是總務部長聽了秘書的報告後拒接電話，或是總務部長正在開會，或是外出。

她站在訪客接待櫃檯後方，忍不住感到沮喪。

負責監視她的男人推著她背後的書包，推她走到窗邊的無人沙發前。長沙發的椅面很平，可以擠十幾個像她那樣的小學生。男人叫她坐在角落的位置。

妳坐在這裡等。男人命令道。

和剛才在大樓外叫住她的男人不同，這個男人說話的語氣就像是不容許有絲毫通融的教務主任。兩個人都很高大，穿的西裝顏色也很像，但大樓外的那個男人更親切。那個男人精準地問了她希望別人問的問題，把她帶到可以避雨的員工出入口，然後對她說：「妳在這裡等一下。」她等了一會兒，那個男人帶了另一個人過來，然後把她交給了跟著他走來的年輕男人。

年輕男人露出為難的表情，再度重複了和他的同事相似的問題。聽了她的回答之後，找來了並不是員工，而是身穿制服的男人，把她交給了制服男人。「小妹妹，」

中年警衛悠然地彎下腰，「可以告訴我妳叫什麼名字嗎？」經過這番接力後，她終於獲准踏進這棟二十多層樓的高樓內側，最後交給了用命令口吻對她說話的男人手上。她一身準備去小學上課的打扮出門，所以身上仍然背著紅色書包。雖然穿著嶄新的無袖洋裝，應該說是露出肩膀的背心洋裝，但從東京車站走來這裡的途中下起了傾盆大雨，所以新洋裝全毀了。穿得很合腳的紐巴倫球鞋也都濕了，變得很重。走進大樓時被拿走的雨傘也不知道去了哪裡。

她遵守男人的命令，乖乖地坐在沙發角落等待，失敗的記憶在腦海中甦醒。

她有兩次失敗的記憶。分別是在高田馬場和濱松町。高田馬場的錄影帶出租店已經倒閉，失去了尋找哲彥下落的線索。在父親來接自己之前，派出所的巡警懇切地向她說教。濱松町那一次也像現在這樣，大人客氣地接待她，卻偷偷報了警，打電話去了船橋的家裡。父親再度來接自己。照目前的情況，這次恐怕又會失敗。今天第三次失敗時，應該是外婆來接自己。

今天第三次失敗。想到這裡，她的背脊發涼，寒意衝了上來，腦袋麻痺，產生了輕微的暈眩。她放下書包，身體靠在沙發的扶手上。每次想要分辨以前的事和現在的事，想要辨別關於家人、學校和朋友的記憶，身體就會不舒服。

這半年期間，她曾經多次經歷自己的雙眼，或是自己的雙眼所看到的世界不停旋轉的症狀。她已經知道，每次旋轉，都會喚醒某些記憶——包括一些微不足道的記憶在內，只要閉上眼睛，黑暗的遠方就會吐出影像，就像搖獎機吐出紅球——只不過她並沒有時間判斷喚醒的每一個記憶是否真實，雖然她媽媽說，最重要的是必須謹慎調查，但她並不這麼認為。比方說，在記憶中，小山內琉璃小心謹慎地等到高中畢業，最後還是無法如願。帶著想要再見到三角哲彥的執著，帶著和現在完全相同的心情，離開了這個世界。

只要這兩個星期都很乖，暑假就買智慧型手機給妳。媽媽和她這麼約定後，啟程前往九州，住在仙台老家的外婆來家裡陪她。外婆和不知道什麼時候升上總公司總務部長的三角哲彥屬於同一個世代，媽媽應該很快就會聯絡外婆。正在佐賀縣拍電影的媽媽也會在今天搭機回來。她想像著媽媽慌亂的表情，就覺得萬念俱灰。

今天這次的失敗，如果這一次又失敗，就會付出沉痛的代價。媽媽不僅不會買手機給自己，而且對自己也不會像以前那麼寬容。媽媽現在比看劇本更專心地看了調查那些轉世孩子的書，一旦被警察輔導，就沒這麼好說話了。也許她會在回程的飛機上改變主意，覺得如果繼續聽任女兒離奇的言行，恐怕會對她的演藝事業造成負面影響。

她一定很後悔聽了女兒的唆使，上網查了這位三角哲彥任職的公司，以及總公司大樓搬遷的消息，也可能會從資料夾中刪除八年前綁架事件的相關報導，還會丟棄看到一半的書，然後又開始說她的大道理：「雖然妳說是轉世，但我的卵子受精的瞬間，和名叫小沼希美的少女死亡日期並不一致啊。」然後中途發揮一點演技抓著頭，說出令綠坂唯的影迷為之傾倒的台詞：「這到底是怎麼回事？琉璃，妳倒是說明一下啊。」

跟我說什麼「受精的瞬間」，我也很傷腦筋啊。我是因為受精的結果，才能夠出現在這裡，和活在世界上所有的人一樣，沒有經歷過死亡的經驗，即使認為我既然是轉世，應該經歷過死亡的經驗，但我真的不知道死後的世界，也想不起介於死亡和重生之間的靈魂記憶，甚至不知道是否曾經變成靈魂。我出生之後長到七歲，努力回想起每一件事，我只能發誓以後絕對不會忘記三角哲彥的臉。第一次見面時困惑的臉、靦腆的臉、嚴肅的臉。他的笑容和笑聲、輕聲細語，叫我「琉璃」的聲音。哲彥頭髮的味道、汗水的味道、T恤的味道。那件T恤上印的英文字。想要再次見到他的心情。知道他會等我的確信。正木琉璃、小山內琉璃和小沼希美無法實現和哲彥再次見面的使命。我必須連同她們的份一起努力，完成這個使命的決心。

她驚覺不能在這裡沮喪，坐直了倚靠在沙發扶手上的身體。暈眩已經消失，如果繼續乖乖等在這裡，他們又會報警。

不能一次又一次失敗。不要害怕。必須站起來，親自說明，自己打電話給哲彥。我想要聽他的聲音。我想要見到他。我想和他見面說話。既然這樣，就不能在這裡空等，必須靠自己克服困難。即使為了曾經不幸的她們，不，不是，是為了曾經不幸的我們。我現在必須做我該做的事，這不是我一個人的心願，也同時是她們，是遭遇不幸而死去的她們的心願。也許不僅是她們，而是從更遙遠的過去開始，從無數死去的人手上，像接力棒一樣傳遞過來的宿願。在所有人的心願實現之前，也許將永遠持續下去。有想見的人。也許每個人都在無法見到想見的人之前，就離開了這個世界。

她的小手握拳，敲著沙發的扶手跳了起來，衝向接待櫃檯。因為正面被櫃檯的桌子擋住了，看不到對方的臉，所以她繞過桌子，對胸前掛著「古川」名牌的女性說話。

「姊姊，」她說：「請妳再打一次電話給三角哲彥先生，這次讓我和他說話。」

古川被眼前這個孩子的眼神震懾，轉頭看向身旁的同事，但同事正在接待其他訪客。

「古川姊姊，拜託妳，剛才那樣不行。妳剛才是說，住在高田馬場的親戚綠坂家的小妹妹要求面會，這樣不行。我並不住在高田馬場，哲彥也不知道綠坂這個姓氏。至於親戚，是因為剛才你們問我和哲彥是什麼關係，所以我隨口這麼回答，但其實根本不是親戚。妳這麼告訴他，以前在高田馬場認識的朋友琉璃來這裡找他，琉璃至少想聽聽他的聲音。對哲彥來說，有意義的不是綠坂，而是琉璃這個名字，所以請妳這麼告訴他。」

她忘了喘息，所以呼吸困難，她的胸口用力起伏，用力吸了一口氣。

「對了，妳這樣說，琉璃想要見他，『琉璃和玻璃，見光都生輝』的琉璃想要見他。」

古川沒有說任何話，只是皮笑肉不笑地看著眼前的女孩，但她自己並沒有察覺。她從七歲的孩子說的內容中感受到一種難以形容的不舒服。

這時，周圍響起好幾個腳步聲。

她察覺到危險逼近，從櫃檯後方探出頭，發現剛才負責監視她的男人單手拎著她的紅色書包走在最前面。那個男人和她眼神交會，身後跟著幾名下屬和從附近派出所趕來的巡警。

啊，別跑！因為她轉身逃走了，所以男人叫了起來。她毫不猶豫地跑向應該是電梯廳的方向，因為那個方向斷斷續續傳來電梯鈴聲，她猜想跑去那裡，就會有幾架電梯。在奔跑時，她突然想到只要搭上電梯，就可以去樓上的辦公室，就可以逃進哲彥的辦公室（如果真的可以做到）這個錦囊妙計。

大人凌亂的腳步聲，和男人手上的書包發出的彈跳聲在她身後緊追不放。她還沒看到電梯，就不知道被誰抓住了手臂。但因為她是小孩子，所以對方在抓的時候也手下留情。她發自內心地感到厭惡，竟然輕易甩開了那個人的手。

啊，別跑！剛才那個男人再度叫了起來，自己追了上來，抓住了她的手臂。他手下毫不留情。上臂和肩膀都疼痛起來，她用比感覺到的疼痛誇張好幾倍的聲音尖叫著，她用力掙扎，試圖甩開男人的手。

在她掙扎時，男人把另一隻手上的書包丟在地上。因為有肩帶的那一側朝上，所以皮革書包在擦得很亮的地上滑行了好幾公尺，最後碰到了誰的鞋尖，終於停了下來。那裡出現好幾雙黑色皮鞋，看熱鬧的人潮都聚集在電梯附近，但那個男人仍然不放手，連另一隻原本自由的手也被他按住了。當她被抱在散發出古龍水香味的西裝胸前，她難過得想要哭。她把臉轉到一旁。不要，放開我，不要把我當成小孩子。她含著淚，放聲大叫著。

求求你！讓我去見哲彥！

男人突然鬆開了手臂。

圍著他們的大人都愣在那裡。

不一會兒，一個男人從人牆中走了過來，撿起書包，跪在倒在地上的少女身旁對她說話。

「妳有沒有受傷？」他問，「可以站起來嗎？」

她站了起來，面對著他。

無言的時間流逝。

正當她想要說出想到的話時，一塊摺起的手帕遞到她面前。她默默接了過來，擦拭著濕了臉頰的淚水。

但是，無論怎麼擦，淚水還是不斷流下來。

「她是親戚家的孩子。」他向其他大人說明，「她是我的親戚，我會負起責任，沒事了，大家回去工作吧。」

「我跟你說，」她再度開了口，他轉過頭，注視著她的雙眼。

她原本想要繼續說下去，但在他的注視下無法呼吸，也無法發出聲音。無法在該說話的時候說出想要說的話讓她懊惱不已，其實她有好幾句準備要在這一刻說的話。

你記得嗎？那天也是下著這樣的雨。

你借給我T恤代替毛巾，我回送了你一件T恤，還有你請在八戶的姊姊寄來草莓煮的罐頭，這些你都還記得嗎？我們也一起去看電影，一起邊走邊聊，一起走到很遠很遠。

然而，她無法說出任何一句事先準備好的話。

她無法呼吸，喉嚨被哽住了。他看著說不出話的少女，笑著對她點頭。少女覺得他的笑容在鼓勵她說：「沒關係，什麼都不用說，我都知道了。」

「琉璃，」少女聽到了他靜靜的呼喚，然後對她說：「我一直在等妳。」

國家圖書館出版品預行編目資料

月之圓缺 / 佐藤正午著；王蘊潔譯. -- 初版. -- 臺北市：皇冠, 2018.9 面；公分. -- (皇冠叢書；第4712種)(大賞；102)

譯自：月の満ち欠け
ISBN 978-957-33-3396-8 (平裝)

861.57 107013374

皇冠叢書第4712種
大賞｜104

月之圓缺

月の満ち欠け

作　者—佐藤正午
譯　者—王蘊潔
發 行 人—平 雲
出版發行—皇冠文化出版有限公司
台北市敦化北路120巷50號
電話◎02-27168888
郵撥帳號◎15261516號
皇冠出版社(香港)有限公司
香港銅鑼灣道180號百樂商業中心
19樓1903室
電話◎2529-1778　傳真◎2527-0904
總 編 輯—許婷婷
責任編輯—蔡維鋼
美術設計—嚴昱琳
著作完成日期—2017年
初版一刷日期—2018年9月
初版二刷日期—2023年5月
法律顧問—王惠光律師

讀者服務傳真專線◎02-27150507
電腦編號◎506104
ISBN◎978-957-33-3396-8
Printed in Taiwan
本書定價◎新台幣420元/港幣140元